ON THE ROAD

侣行十年

张昕宇 梁红 著

江苏凤凰文艺出版社
JIANGSU PHOENIX LITERATURE AND
ART PUBLISHING, LTD

序

2015 年，我们穿越中东的车队行驶在喀喇昆仑公路上，奔向红其拉甫边境时，我的车里循环着一首歌——《活着》:“慌慌张张，匆匆忙忙，为何生活总是这样。难道说，我的理想，就是这样度过一生的时光……”

歌很好，道出了我的一些心声。曾经我就是这样慌慌张张、匆匆忙忙地“活着”：忙工作、忙挣钱，从一个会议室到另一个会议室，从一个机场赶往另一个机场。

2008 年汶川归来，在灾区目睹的生离死别、感受的切肤之痛，开始让我对当下的“活着”产生了怀疑。梁红说“明天和意外，你永远不知道哪个先来”，我说咱们得换个活法，她说:“那咱们就换。”

因而便有了我和梁红的这个“十年之约”。五年准备，五年行走。到 2018 年，整十年。

考国际驾照，学帆船、潜水、飞行，研究气象软件，了解核辐射知识，翻阅海洋和火山资料……

最初，我们去那些以前根本不敢想象的地方，索马里、切尔诺贝利……我们去尝试完成年轻时吹过的牛和曾经遥不可及的梦想，我们去开眼界的同时还想要挑战自己的极限。

继而我们想在“新生”里做一些事情，去尝试带动更多人，影响更多人的生活。去远方，见世界，识真知。我们穿越炮火，试图走近熟悉又陌生的阿拉伯世界；我们尝试自驾国产飞机完成环球飞行，填补民族纪录的空白；我们去五大洲，想给地球送上一些礼物，呼唤人们呵护我们共同的家园。

十年里，行了几十万里路，几经生死，见证和记录了无数的人与事。十年侣行，从“见山是山”，“见山不是山”，再到“见山还是山”，我们尝试把自己的眼界从小我拓展到大我，再到众生。

侣行十年，大伙儿都是我和梁红的见证者、同行人。这本十周年纪念版的书由我和梁红共同构思、回忆，由我执笔，在这里，我们精选了侣行十年里的 160 个场景，近 300 张图，一幅幅画面，一个个故事，希望和大伙儿一起珍藏这难忘的十年时光，一起在照片里回味和重新认识这个世界。

前世今生

此间少年　那年她 4岁，我 6岁；她住月坛南街，我住月坛北街。她扎着麻花辫、踩着弹簧步，我们在路口偶遇，然后就开始了一段从两小无猜到相伴侣行的漫长故事。我们曾是小伙伴，我们曾是早恋情侣，我们曾是街头夫妻档，我们曾是生意伙伴，现在我们是夫妻。我们一直是灵魂伴侣。

青葱岁月　谁也说不清，一个乖乖女和一个叛逆小子，怎么就对上了眼，然后 30载的岁月变幻，就再也没分开过。翻看那时候的相册，我们都还很青涩。无忧无虑的笑容里，都有一分非彼此不可的笃定。

白手起家　我们是吃过苦的人。退伍后，梁红跟着我一块儿，我们承包过公厕，街头练摊卖过羊肉串，开过修车铺子，还卖过豆腐。那个年头的那个岁月，并不觉得苦。因为我们抬头即见彼此。行至今日，不谈方得始终，但我们知道相伴便是幸福。

父亲 我有一位好父亲，打小我在他那儿耳濡目染，才练就了现在的这一身机械达人的本领。在当年，我和父亲就一起鼓捣出了北京的第一台水陆两用车。我驾着它在水上跑的时候，心里除了畅快，还想到了多年以后，我必将驾车驰骋远方，扬帆漂洋过海。始终记得父亲教育我的做人标准:“不做昧良心的事儿，不做违法的事儿。”还有一句:“什么是男人？牙齿掉了咽肚子里，胳膊断了塞袖子里。”

北京希望 出差呼和浩特，途中听到四川大地震的新闻，和周围的陌生人一样，瞬间就愣住了。灾难当头，有一个退伍军人的责任使然，也有一个普通人的人性驱使，我觉得我应该做点儿什么。第一时间和几个朋友、志愿者成立了“北京希望”救援队，我和六个伙伴赶往灾区，梁红留在后方筹措物资。这件事，也成了我们人生最大的转折点。

汉旺 在汉旺灾区现场，一位父亲拦住我，说救救他女儿，他女儿被埋在废墟里了。我们一起挖了七个小时，那父亲说知道人已经不在了，但是就想再看她一眼。一根断裂的大梁，把姑娘的遗体掩埋在了下面；我们用凿岩机想凿断大梁，结果镐头断裂砸在了女孩的遗体上。人没救出来还破坏了遗体，看着眼前的血肉模糊，我再也绷不住了，整个人一下子崩溃了，眼泪决堤，号啕大哭。那位父亲一滴眼泪也没流，特别平静地看着孩子的遗体，还反过来安慰我，给我讲他女儿的故事。他说孩子中专毕业，有了工作，刚分了房子，一切都特别好……

十年之约 灾区眼见的种种触目惊心，现场亲眼目及的那些人间生死别离，给我造成了巨大的震动。从四川回来后，我得了抑郁症，不想再理工作，不想出去见人、说话。那天下午，我瘫在沙发上发呆，梁红在旁边静静陪着。我问梁红："人活一辈子是为什么活？""你这是怎么了？"梁红看着我。"我想换一种活法。"梁红看着我沉默了一会儿，说："那咱们就换。"

准备 拍脑袋说走就走是冒险，咱们不是。我们的计划，是五年准备，五年行走。准备期，我们俩要学习各种技能和知识，如考国际驾照，学飞行、潜水、攀岩等等。只有夯实了自己，做好了预防和各种备案，才能把危险系数降到最低。

目录

01 启程 1—60

末日未来，不等意外，我们推开了
另外一个世界的大门。

02 沧海一粟 61—112

两万海里远航。我们经历了一场风雨，
梦想的彼岸升起了彩虹。

03 五彩世界 113—148

这个陌生世界，每天都在给予我们
新鲜、惊喜、感动，以及震惊。

04 战火掠影 149—220

闯入熟悉又陌生的世界，我们想用脚步丈量世界，
在战火里打捞光明。

05 云上的日子 221—266

最初的梦想，最难的征途，也是最笃定的信念。

06 给地球的礼物 267—303

十年时光，数十万里长路，终此一生，
我们想为世界留下点儿什么。

01
启 程

末日未来，不等意外，
我们推开了另外一个世界的大门。

西伯利亚“白骨之路”

2012 年大年三十，我们背着行囊从北京出发，抵达俄罗斯的雅库茨克。我们的目的地，是世界上有人居住的最寒冷的地方：奥伊米亚康。我们和目的地之间，还横亘着 600 公里的无人区和一条“白骨之路”。这条路叫科雷马，即 M56 公路，由上千万的劳改犯修建于 20 世纪 30—50 年代的苏联时期，恶劣的环境让无数人丧生于此，死后他们被就地埋葬在路边，这条路因此得名。出发，我们踏上了“白骨之路”。

抛锚

突然，车里散出一股浓浓的胶皮烧焦的味道。坏了，我们的车出故障了。

司机马上检查，电机、暖风机过热，线路和保险都烧断了。他折腾了半天修不好，搞不好咱们就要变成这条路上新添的一座汽车坟墓。车里的温度迅速下降，一会儿就掉到了零下 40℃，估计不到半小时所有人都会被冻死。幸好我会修车，赶忙把大灯的线路拆了，接到电机和暖风机上，居然修好了。梁红冻得脸色惨白，哆嗦着说："老张你太能耐了。"

纪念碑

终于，奥伊米亚康的标志性建筑——零下 71.2℃纪念碑出现在眼前。

咱们终于到了，梁红拿出温度计说：“没反应，咱温度计是不是坏了？” 那支温度计最低刻度是零下 50℃，在这儿直接爆表了。1926 年 1 月 26 日，这里测到了零下 71.2℃的极限低温，是地球上有人居住地区测到的最低温度。直到 1983 年，南极的东方科考站测到了零下 89.2℃的地球极限低温，才刷新了纪录。不过那儿是南极高原，只有少数科研人员在那儿驻守，而且东方站还曾三度关闭。

零下 53℃的露营

当天室外温度零下 53℃，我们准备在户外露营。出发前有人建议我们用电热帐篷露营，我拒绝了。我们是为了挑战自己的极限而来，如果这事儿还对自己作弊，那真对不起来这一趟。躺在帐篷里我问梁红："感觉怎么样？""兴奋，也有点儿忐忑，心里没底。""不行了一定说话，别拿性命开玩笑。"我说。我们几乎半小时就醒一次，人跟睡在冰箱里一样。"五加五等于几？"我们每次醒来都会问对方一些简单的问题，以确定人还清醒，没有陷入低温症。早上九点，天终于亮了。拉开帐篷，我俩活着从"冰箱"里醒来。零下 53℃，我们成功了。

北极求婚

我们谈了 20 多年恋爱，20 多年前我就对梁红说，我要去离家最远的地方和你结婚。老师说，世界上离家最远的地方是南极。20 多年后，我想实现这个承诺，给梁红一个惊喜，我要在北极向她求婚，然后再去南极结婚。零下 53℃的低温，我在纪念碑前单膝跪地：“嫁给我。”她说：“我愿意。”空气将戒指冻在了梁红的手指上，也把眼泪冻在了她的脸上。

„ПОЛЮС
ХОЛОДА"

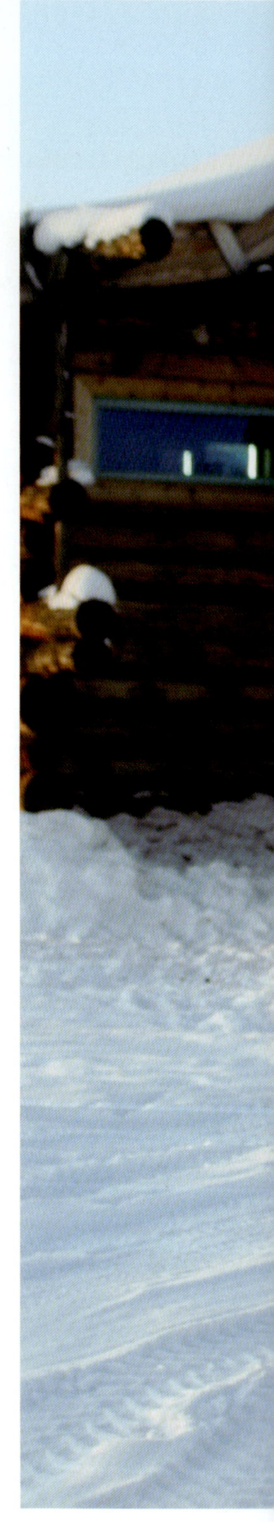

做一天北极人

喂马、劈柴，面朝北极，春不暖花不开。我们在奥伊米亚康体验了一天北极人的生活。早上六点不到，跟着为我们提供住处的当地朋友去看天气。“今天只有零下 53℃，是个好天气。”他说。

这儿的牛比外面的大，雅库特马却是萌萌的袖珍版。坐着牛车去镇子外运冰，扫开积雪用斧头砍冰块，弄个几大块运上牛车，这就是一家人十天的用水了。捕鱼更有意思，在冰层上凿个窟窿，把下好的渔网捞上来，里面就网着鱼了。出水时还活蹦乱跳的鱼儿，半分钟之后就冻得硬邦邦，变成了鱼冰棍。

pepsi

摩加迪沙街头

索马里的首都摩加迪沙，号称“恐怖之都”。

一眼望去，这里完全是一座刚经受过炮火摧残的城市，仿佛昨晚还发生过战斗。路上人来人往，人手一枪。两边要么是高墙铁丝网，要么是残垣断壁。从人们的脸上我们看不到友好、热情，全是恐惧或警惕。当我们把摄像机对着他们的时候，他们的回应则是把枪对着我们，如果手里没枪，则是回我们一个割喉的手势。

LABORATORY KM 5
15905177 / 0615408818 / 0615277877
KULMIYE
ELECTRONICS CO.
TEL:0615807575 / 0615061111
EXCHANGE
Rich Iron
HEMO
CARWO BISHAARO

TOYOTA

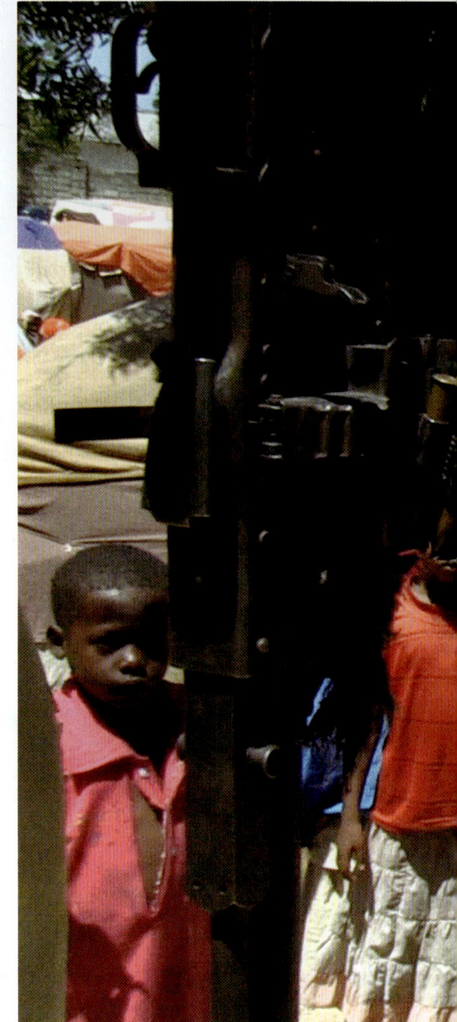

孩子

这里的孩子和其他地方的孩子一样，对一切都很好奇。黝黑的脸、大大的眼睛，不同的是他们并不活泼。他们的童年里没有玩具枪，眼前看到的尽是真枪实弹。他们并不害怕这些随时可能夺去他们和家人生命的武器，因为早已经习惯。在索马里，孩子们见得最多的便是枪弹，听见最多的声音便是枪声和爆炸。

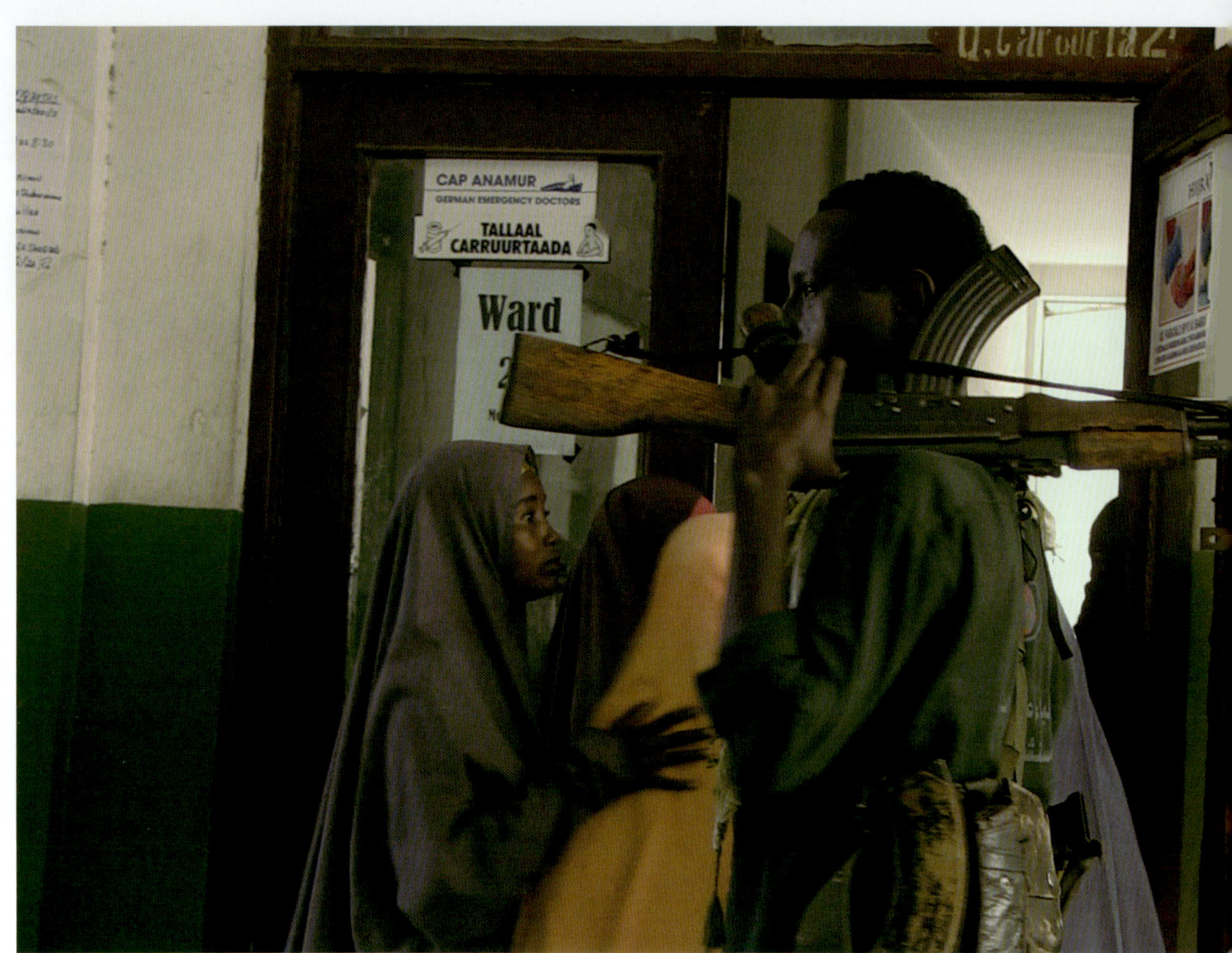
CAP ANAMUR
GERMAN EMERGENCY DOCTORS
TALLAAL
CARRUURTAADA
Ward

医院的枪

医院的门口有个很醒目的标志：禁止携枪入内。但是院内的很多病人肩头都挂着一把枪。一个年轻人一手提着药，一手提着枪。我们见到一对老年夫妇来看病，而老先生的背上，也赫然背着一把 AK47。

没有黑板的教室

在难民营里，我们发现了一“间”学校。一米高的木栅栏围了一块 30 平方米的地方，里面什么都没有，没有黑板、没有讲台、没有桌椅，也没有课本和纸笔，只有老师和学生。孩子们都挤在一起站着，听一位女老师讲课。

我们带了一些糖果，发给了孩子们。孩子们像过节一样，围着我们快乐地笑着、跳着。那位老师教孩子们用英文说“谢谢”，孩子们很认真地学着，然后对着我们用不太标准的口音，此起彼伏地说着：“Thank you！”

“我的祖国是索马里”

在索马里的一家医院，我们遇到了一位会说中文的年轻医生。他身上穿着白大褂，胸前印着四个汉字：武汉大学。他很热情地跟我们打招呼，带我们参观医院。他出生在迪拜，后来去武汉大学学医。毕业后放弃了迪拜优渥的工作条件，来到了索马里行医。这个年轻人说：“从小我的父母就告诉我，我们是索马里人，我们的祖国是索马里。所以毕业之后我只有一个念头，就是回到祖国，来帮助我的同胞们。”家国情怀，莫过于此，我们很多人却遗忘于和平盛世。

“至少我还活着”

索马里国家大剧院，如今已是一片破败。在院子里我们发现了一个十五六岁的孩子，他腿上盖着一块黑布，坐在墙角对我们笑着。向导过去跟他打招呼，然后拿开了黑布。触目惊心的一幕出现在我们面前：一群苍蝇飞了出来，孩子的两条腿上没有一块完整的皮肤，到处皮开肉绽，都是炸伤烧伤的痕迹，骨头和腐烂的肉都清晰可见。

向导说，这就是一个月前国家大剧院的那场爆炸造成的，他的家人都在那次事故里丧生，只剩他一个。孩子依然歪着头对我们微笑。我问他，这么惨怎么还能笑得出来呢？他回答：“为什么我不能笑？至少我还活着呢。”孩子平淡说出的这句话，让我起了一身鸡皮疙瘩。这是我这辈子听过最有能量的话。我们生活在和平环境下的太多人，花了太多的时间在抱怨、在计较、在怨恨。这个失去了一切的孩子，却笑着告诉我，“至少我还活着”。我们走了，孩子依然在笑。

切尔诺贝利

小学时候上“三防”课，切尔诺贝利这个名字就嵌入了我的脑海，我一直想去看看那儿现在变成什么样了。30 年后，我们终于有机会走近切尔诺贝利核电站。它曾经是苏联的“核未来”，然而 1986 年 4 月 26 日的一声巨响之后，它却成了整个欧洲的心头抹不掉的伤痕。那之后，这个名字便一直存在于电影里、游戏里、传说里。所有事情都是有代价的，之后我们五年不能生育，但我们还是来了。

无人鬼城

一座建在森林里的城市，准确地说，是人撤离后，城市里长出了森林。这里是普里皮亚季，切尔诺贝利核电厂员工生活区，也是苏联时期发展最快、最繁荣、最现代化的小镇。这里曾经居住了几万人，大爆炸发生后，这里最先被危及。事发后的30个小时里，1000多辆大巴排成了20多公里长的队伍，到普里皮亚季疏散人群，人们匆匆离开。

安静的摩天轮

这个著名的摩天轮静静矗立着，却没有为孩子们带来过一天的快乐。它竣工的那天，就是切尔诺贝利核电站发生爆炸的那天，它甚至还没来得及正式开放运营，就被历史定格了。这座游乐场没有留下孩子们的笑容，只留下了大爆炸灾难的记忆。

撤离现场

这是一所学校的一间教室，大爆炸发生后，这儿是救援人员集结、休整的地方。每个防毒面具后面，都曾有一个活生生的人。现在，每个面具都是一个辐射源。

致命芭比

现实里的恐怖片现场。这个芭比娃娃不知道是哪家孩子的玩具，紧急撤离时孩子没有来得及带走。它被留在这里，和防毒面具以及各种看不见的辐射尘埃做伴。致命芭比静静地躺在那儿，以一种难以名状的形态和方式，诉说着当年的恐怖和惊慌。

故土难离

离开普里皮亚季后，我们遇到了一位乌克兰大婶，她居然还住在这里。她告诉我们，其实切尔诺贝利一直还有人在工作，正是因为有人在维护，才能保证事故的影响不会再扩大。在这里工作的人，每工作 15 天就轮班一次，然后五年之后再回来。大婶还告诉我，这附近还住着将近 800 人，很多都是当年迁出去，退休后又返回这里的老人。我问她："那大伙儿还健康吗？"她苦笑："死去的已经去了天堂，得了癌症的已经得了癌症。""那你们为什么还要回来住在这里？不害怕吗？"大婶说："不害怕，这儿是我的家啊。"

Canon
Onepolar

火山诱惑

和一个新西兰的朋友聊天，他告诉我瓦努阿图有一座活火山——马鲁姆火山，是世界上最活跃的两座活火山之一。那个地方只有一位新西兰探险家进去过。末了他还加了一句，这事儿只有新西兰人能做到，你们中国人不行。嘿，这事儿我还较真了：中国人没有不行，只有不想。了解火山知识，学攀岩技能、火山生存技巧，准备各种器材……前前后后足足准备了一年，我们奔着马鲁姆火山进发了。

天堂之火

我们在景点拍过照，在大海边拍过照，但是这张照片是我们自认为最炫的一张。因为太平洋上最活跃的马鲁姆火山，给我们做了背景。熔岩涌动，火星迸溅。这里是马鲁姆火山，有人说这里是天堂，也有人说这里是地狱。

吻

火山口寸草不生，像是电影里火星上的场景。我们在火山口扎营，台风、酸雨、毒雾轮流来袭。我说："梁红你靠近点儿，雾太大了我看不清你。""啪"，两套防毒面具撞在了一起。

下火山

火山的吸引，让我执意垂降进入火山口。梁红说过："明天和意外，你永远不知道哪个先来。"站在火山边，我不能错过这一次近距离接触它的机会。进入火山，炽热的岩浆就在眼前翻滚着。现在看到的景象和火山口看到的完全不一样，我和火山之间没有一丝迷雾，近距离相见。

旗帜

成功下到火山内 275 米，我掏出了一面专为此行设计的旗帜。去人家的圣山里带着国旗可能会引发冲突，因此我们制作了这面“中国”旗。火山里浓郁的酸雾,很快就让旗帜开始褪色。在火山里摊开旗子,我意气风发，前所未有的自豪感如同脚下的岩浆一样，喷薄而出。

“We are brothers！ ”

这是安布里姆岛的土著部落，我们从火山归来他们给我们举行了盛大的迎接礼。他们曾经在岛上追杀新西兰来的探险者，对我们却分外客气。和他们融洽相处并不难，简单的真诚就能打动彼此。酋长乔伊斯说：“我们是兄弟”，“说中文的人是世界上最好的人”。

回忆的地图·地球村民

地球是一个村落。这些年，我们去了地球村中许多不常有人去也不太容易到达的地方，见到了居住在那些地方的形形色色的土著，他们都是极具特色的地球村民。

雅兹迪人

在伊拉克的辛贾尔，我们见到了一片难民安置区，这里住着几千名雅兹迪人。这个民族在历史上经历了几百次的种族灭绝屠杀，但依然顽强地生活在这片土地上。他们的记忆都被血和泪浸泡，但仍向往着将来族人终能有一方安宁。

EXPEDITION
ROTAX

因纽特人

因纽特人，就是大家都听说过的爱斯基摩人。我们在阿拉斯加和加拿大两次遇见过他们。在没有任何识别物的茫茫雪野冰原上，他们每个人几乎都是活地图。

和他们在一起，我们像是钻进了小时候看的动画片里，跟着他们去北冰洋上凿冰捕鱼、建造冰屋。

太阳的后裔：玛雅人

墨西哥的奇琴伊察，我们在寻找圣安东尼奥圣井时，遇到了“太阳的后裔”：玛雅人。

每个人应该都听过关于玛雅文明的传说，或许很多人都以为，玛雅人已经随着他们的文明一起消逝在了历史的长河里，其实在墨西哥东部的丛林里，玛雅人的后裔依然生活在那里。

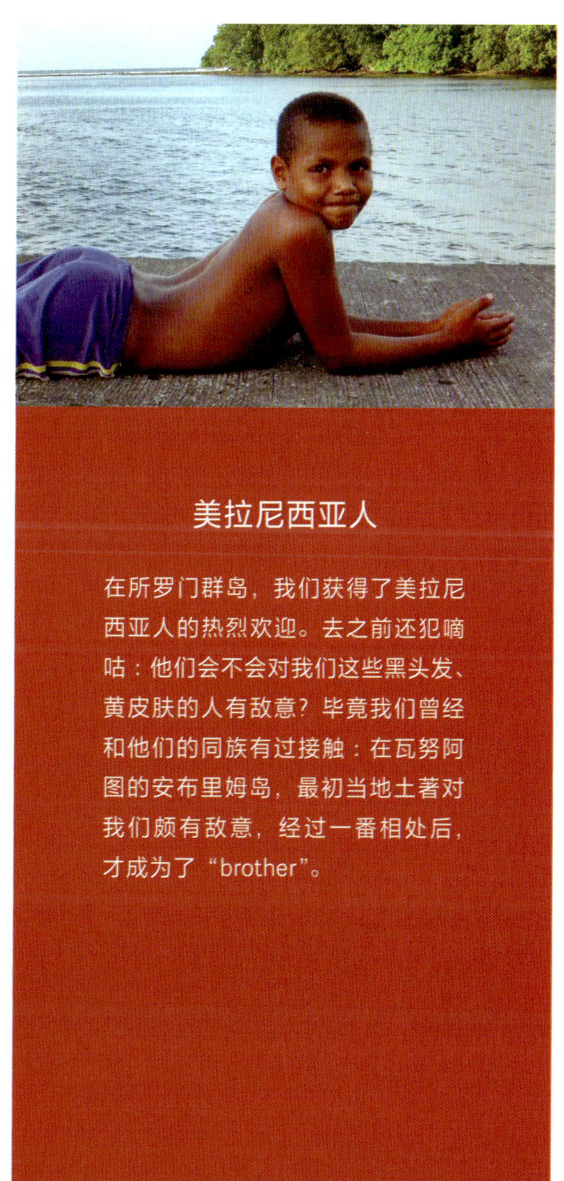

美拉尼西亚人

在所罗门群岛，我们获得了美拉尼西亚人的热烈欢迎。去之前还犯嘀咕：他们会不会对我们这些黑头发、黄皮肤的人有敌意？毕竟我们曾经和他们的同族有过接触：在瓦努阿图的安布里姆岛，最初当地土著对我们颇有敌意，经过一番相处后，才成为了“brother”。

乌鲁人

在南美洲的秘鲁和玻利维亚交界处，我们偶遇了一片世外桃源：的的喀喀湖。云淡风轻、天水一色。虽地处海拔 5800 米的高原，这里的人和景都是那么宁静。湖畔生活着乌鲁人，他们其实是印第安人的一个分支。在已逐渐全球化的今天，他们真的像身处世外桃源一样，原始而又简单、快乐地生活着。

马赛人

在肯尼亚，我们终于见到了慕名已久的马赛人。传说部落里每个男子都是战士，骁勇善猎，成人之前要去丛林里独自生活，磨炼意志，成人礼之前还要猎狮。闻名不如见面，马赛人非常热情好客。他们鲜艳的服饰让人印象深刻，爱笑、爱跳也是一大特色。这个民族现在正处在传统和现代化的缝隙里。我很好奇也很期待马赛人的未来。

马达加斯加人

在动画片里，马达加斯加是个动物世界。实际上这个岛国确实是动物的天堂，不过这里的主人依然是人类。马达加斯加并不是一个民族，而是一个多民族国家。2014 年我们抵达马达加斯加时，目睹了整个国家的混乱、贫穷，也见识了它的美景和质朴。我们还在一个土著村落亲历了一场他们与祖先共舞的“翻尸节”。

02
沧海一粟

两万海里远航。
我们经历了一场风雨，梦想的彼岸升起了彩虹。

我们的大航海

20 年前，还是小年轻的我和梁红，骑着自行车从廊坊跑到北戴河，去赴和大海的第一次约会。还记得那天天气不好，大海和天空一样暗淡，我俩有些失望，但是心里却萌生了去大海深处看看的念头。这些年，我们为了开帆船去南极，做了很多的准备，还费了不少周折，从一个荷兰人手里，买到了一艘 X-Yacht 562 帆船。我给它取了个中国名字：北京 -ECHO-07。北京是我们的家，Echo 是梁红的英文名，07 则是我的幸运数字。

船长养成

我花了半年时间，泡在“北京”号上和图书馆里。船上有将近 60 公里长的电线，几千个接口，4 台发电机，6 部卫星电话；还有控制台、航海仪、海事地图、雷达等设备。从船上下来时，我俨然一个船舶专家了，我可以拍着胸脯说：这条船上每一条线路、每一个接口、每一个螺丝，我都门儿清了。海上有太多的未知和偶然性，准备工作必须要做足，把危险降到最低，永远要有 plan B。绝对不能一拍脑门就走，我是船长，要对船负责，对船员负责。我把大伙儿带出来，还要把大伙儿安安全全地带回去。

启航

可能没有人知道我们在哪儿起航，没有送行的人，只有无数的质疑。因为这事儿没有人做成过。上海关口，只有几位好友对我们说：保重。这条线路会经过北纬 40°和南纬 40°两个“杀人西风带”，为此我们还咨询过很多的海洋专家和气候专家，他们一看我们的船只资料和航线，都摇摇头说这不可能，你们是在找死。但是我一点儿都没动摇，事情完成之前总被认为是不可能的。梁红说：“不怕万人阻挡，只怕自己投降。”

第一场风暴

大海，我们来了。初入大海，风平浪静，一望无际。一种安宁的震慑感，顿时让人感觉心胸开阔了许多。没想到老龙王瞬间变脸，展示完安静的一面之后，马上露出狰狞的一面。雷暴和强降雨一起袭来，风速突然从 25 节攀升到 73 节，“北京”号一下子成了汪洋孤舟。原来预计进了白令海才会遇到 70 节以上的强风，没想到我们刚出海就遭遇了。整船的新手没有蒙，我死死掌着舵，大伙儿拼命拉绳子绞住帆。在风浪中我大喊着：“五星红旗还在，我们的阵地还在。”

美丽的大海

风雨过后见彩虹。暴风雨过后，海面温柔得不像样子。太阳把水面照得闪闪发光，海风吹拂，波光粼粼，几只海鸟悠闲地在我们甲板上散步。后面的路还算一帆风顺，出日本海时我调整了航向，不走津轻海峡了，而是奔宗谷海峡去。突然海面出现了两只海豚，一会儿在船后面追逐，一会儿超过我们去前面领航。在阳光和水的折射下，这两只欢快的海豚颜色一直在变。大伙儿心情变得大好。我想起一些海员说过的话："有海豚跟着的船，是幸运的。"

恶魔岛

夜幕下，前方海面上突然窜出来一个巨大黑影，像是条船，时隐时现。雷达上它的信息也很怪异，航速不停地起伏，位置竟然是瞬移的。“难道我们遇到鬼船了？”只能等天亮后再看看。四个小时后日出，雷达上的红点却不见了，前方出现一座孤岛。那是新知岛，也是传说中的“恶魔岛”。“二战”时这里是苏军和日军的战场，死过不少人。船上缺淡水、缺油，我们无奈只能强行登岛。岛已被废弃多年，空无一人，鬼影幢幢的，我们一无所获，准备离开。没想到走的时候，锚却起不来，被海底一人粗的大铁链给缠住了。我们折腾了四个多小时，终于拉起了锚，也不管什么线路了，给足油冲破一片迷雾，逃了出去。

美军基地

另一个孤岛出现在前方，那是阿图岛，一座美军空军基地。船上物资告急，我们只能强闯，结果又是一座孤岛。让人惊喜的是，美军撤离时，并没有带走或者销毁物资。这座孤岛完全是个宝藏库：矿泉水、柴油、食物、药品、工具……应有尽有。“咱们这样不算擅闯军事基地入室盗窃吧？”“没办法，江湖救急，等咱们船到了美国后，跟海岸警卫队如实报告就是。”在岛上好好补给了一番，本来濒临弹尽粮绝境地的我们，又活过来了。

你在昨天，我在今天

进入白令海的第五天，我们行驶到了国际日期变更线上。梁红站在船头，我在船尾。她在昨天，我在今天。梁红苦笑："我再也不想过一遍昨天了。"进了白令海后，一刻不停的风浪让晕船的梁红饱受其苦，把她折腾得眩晕恶心。但是梁红在人前却总是挂着笑，然后趁人不注意的时候，扭头偷偷地干呕，再转过脸来，还是挂着笑。

爱人

一个巨浪打在船上，船帆破了，雷达也掉了，全船短路，我们从最高科技的帆船，回到了麦哲伦时代。梁红在船里，没有力气固定住自己，随着船的左摇右晃，一会儿撞到沙发上，一会儿撞到桌子上。我却连一只手都不能给她，我得去救船。险情过后，我含着泪对梁红："咱们放弃吧？"梁红说："都他妈到这儿了，你跟我说放弃？"这就是我媳妇儿。

阿拉斯加

终于，惊涛骇浪被甩在了身后，阿拉斯加的荷兰港在前方安静地等待着我们。美国海岸警卫队检查完我们的相关证件后就说："Welcome to America！"我们向他们坦白在阿图岛的事儿，没想到他们说那些物资留在岛上，就是给那些需要帮助的船只应急用的。美丽的荷兰港扫去了一些疲惫，我们在这儿休整、修船、加补给，等待着全员满血复活后的下一次起航。

意料之外

一切事情都在我们意料之内，所有事儿都没有超出我们的预案，唯独这件事是意料之外。这天是国庆节，我们抵达洛杉矶。入港的时候，岸上有人在喊我们的名字，我还想是亲戚还是朋友，怕想不起来不礼貌。后来人越来越多，原来是听了我们的故事来迎接我们的人。这是我这辈子最大的意外。很多人说，《侣行》给了他们正能量，但其实收获最大的是我们，感谢每一位给过我们正能量的朋友。

圣卢卡斯角

一帆风顺地进入墨西哥海域，大海总算给了我们一段风平浪静。成群结队的海豚突然跃出水面，密密麻麻甚是壮观，仿佛是出来迎接我们进入草帽王国。远处的天边，还飘出来漫天的火烧云，实在壮观，让人心情大好。三天后我们抵达墨西哥的圣卢卡斯角。作为旅游胜地，这儿确实有它独特的地方，别的地方的码头都是人工建造的船坞，而这里却是形态各异的天然礁石，围成了一个港口。

玛雅圣井

“最好的洞穴潜水员，都已经死了。”这是一位潜水教练告诉我的。去南极的帆船经停墨西哥时，我们弃船上岸，横穿整个墨西哥，去了趟奇琴伊察。那儿还住着玛雅人的后裔，我想去那儿一探传说中玛雅人活人祭祀的究竟。费了很大周章，真找着了一口从未有人下去过的祭祀井。一番准备，我进入了这口 2000 多年未见天日的“圣井”。眼前赫然出现一个骷髅和我对视。随着下潜深入，越来越多的头骨和骨头铺陈在水底，密密麻麻。我不忍再看，选择上浮。似乎每一个古老的文明里，都有着野蛮、残忍的一面。

进化岛

因为哥伦比亚内战，我们不得不再次更改航线，没法通过巴拿马运河进加勒比海域了，只能沿着南美洲西海岸的大陆架继续往南走。我们到达了厄瓜多尔的加拉帕戈斯群岛。470 年前，一位巴拿马主教说，这儿是被诅咒的地方。厄瓜多尔人却说，这里是世界上最美的地方。180 年前，26 岁的达尔文来到这里，岛上的独特生态环境为他的进化论提供了坚实的事实依据。在加拉帕戈斯群岛，人类永远是客人，这儿的动植物才是主人。

海上的春节

从北京增补了两名船员，我们继续扬帆起航。这天忙了一天，先上船的球球说："船长，今儿好像是过年吧？"一翻日历还真是。去年的春节我们在去奥伊米亚康的火车上，今年我们在去往南极的船上。我们给船舱贴上春联，把船上好吃的、好喝的都搜刮出来摆上了。不管咋样，虽然离家千万里，春节咱们还是得过。

PELICAN

生死德雷克海峡

经历了智利峡湾的差点儿翻船，我们终于抵达地球最南端的城市乌斯怀亚。在那里做了最后的补给，得到了“雪龙”号的气象资料和一位澳大利亚船长的长城湾海图之后，我们就出港往最后的终点——南极进发了。

过了合恩角，我们进入凶险的德雷克海峡，风疾雨骤，“北京”号像玩具一样，在大海的手掌里被随意地摇摆颠簸。这几天大家晕船晕得再厉害也没有人倒下，几乎都是凭着一口气在撑着。重度晕船的梁红也坚持要跟我站在一块儿，走这段世间最难走的路。

天籁之音

四天后风雨减弱，一座冰川出现在远方。虽然穿过了风雨，但是前方等着我们的却是各种暗礁和浮冰，我们还没有海图，只能盲航。天色渐黑，梁红不停地用无线电联系长城站："长城站、长城站，这里是'北京'号，能抄收吗？"一遍又一遍，却一直都没有回音。在所有人都准备放弃的那一刻，突然对讲机里传来了回音："'北京'号、'北京'号，这里是长城站，能听到吗？"那一瞬间所有人都呆住了，几乎都是热泪盈眶。在茫茫的大海上历经劫难后，在离祖国万里之外的地球另一端，在凄风苦雨中，在一段近乎绝境的路上，突然听到了同胞的声音，那种感觉真的无法形容。激动、狂喜、落泪，百感交集。

BEIJING ECHO YACHT 07
140970
SUZUKI

GORE-TEX

长城站

联系上长城站，在冰冷的大海里，“北京”号上一片“温暖”。我接过话筒和长城站对话：“我们今晚要进入长城站，两个小时左右。”“我们等你们。”一句坚定的回答，我们仿佛听到了家人的守候。没有海图、无法定位、暗礁遍布、浮冰埋伏，我们一点一点地挪动，一点一点地往梦想的方向靠近。四个小时后，我看到岸边的星星灯火。几道手电光扫过，长城站就在眼前，他们还等在那里。8 个月，20000 海里的航行，度尽劫波，我们终于到了。泪眼模糊里，靠岸、抛锚、下船。我和身边的每一个人拥抱，我的爱人，我的朋友，我的同胞。一起拥抱我们的梦想。

南极掠影

南极，这里是我和梁红的梦想之地。这里确实是一片最完美的梦想之地，南极是世界上最后一片净土，它不属于任何国家、任何人。历经千辛万苦，几度生死，终于抵达这里，而且将要在这里完成梦想，举行婚礼，感觉什么都值了。那一刻，我和梁红定是世界上最幸福的人。

我们结婚啦

30 年前，小男孩对小女孩说，我要去世界上离家最远的地方和你结婚。30 年后，他们到达了梦想的彼岸。长城站的红房子很喜庆，像婚房。一年前奥伊米亚康的纪念碑是我求婚的见证，今天长城站的石碑则是我们结婚的见证。长城站的曹站长当了我们的证婚人。而几只憨态可掬的小企鹅，则成了我们在梦想之地的梦想婚礼的伴郎、伴娘。

婚纱照

我们在南极结婚，但是我们在很多地方拍过婚纱照。梁红臭美地说，别人一辈子可能也就穿一回婚纱，她穿了好多回。出门旅行，都带着婚纱上路。

侣行十年，我们去过 200 多个国家和地区，天南地北、五湖四海，经历过各种各样的环境。地球真的是一个奇特的家园，竟能够形成如此之多难以形容的或壮观、或瑰丽、或震撼、或诡谲的自然奇境。还好有相机，让我们记录下了地球的鬼斧神工，多姿多彩。

朗伊尔城：极光下的我们

极北小城朗伊尔城，一个拒绝死亡和生育的地方，每年还有将近 4 个月的极夜时间。在朗伊尔城，我们本来是去寻找北极熊，可惜没有找到。没想到归途中，老天却给了我们一个更大的惊喜：极光。

圣卢卡斯角：火烧云

在墨西哥人眼里，这里是世界的尽头。我们曾两次抵达这里，第一次是 2014 年，我们驾驶帆船到了南极，把“北京”号留在这里检修，自己登岸驱车横穿墨西哥，前往奇琴伊察；第二次是 2017 年，我们自驾“超级白”环球飞行时，再次途经这里。

傍晚的科帕海滩

2014 年仲夏，世界杯回到足球王国巴西举行。里约的科帕海滩变成了一个巨大的 party 现场，来自世界各地的几十万名球迷聚集在这里，迎接桑巴王国的足球盛会。那天边晚霞，成了最美的霓虹灯。

马达加斯加的猴面包树

猴面包树，特别可爱的名字。这种树的荚果形似面包，因为猴子和狒狒喜欢吃而得名。其实猴面包树也是生命之树，它的树身是一个巨大的水容器，人饥渴时只要稍稍割开树干，便像打开了水龙头一样。值得一提的是，这种树极其长寿，能活 5000 年之久。

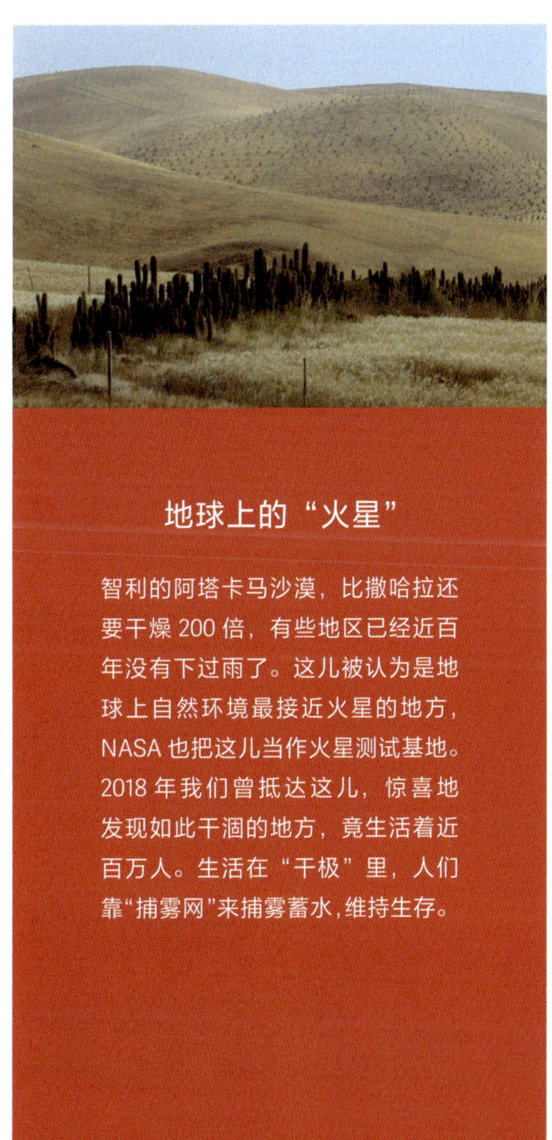

地球上的“火星”

智利的阿塔卡马沙漠，比撒哈拉还要干燥 200 倍，有些地区已经近百年没有下过雨了。这儿被认为是地球上自然环境最接近火星的地方，NASA 也把这儿当作火星测试基地。2018 年我们曾抵达这儿，惊喜地发现如此干涸的地方，竟生活着近百万人。生活在“干极”里，人们靠“捕雾网”来捕雾蓄水，维持生存。

亚马孙雨林

亚马孙雨林被称为“地球之肺”。关于它，有太多的传说：食人鱼、食人族、《里约大冒险》里的动物百花园……

2014 年秋天，我们深入亚马孙雨林，寻找食人鱼、探访食人族，那绝对是一段难忘的经历。今年的亚马孙丛林大火几十天不熄，希望它能赶紧恢复生机。

堪察加：世界的尽头

这里是俄罗斯人心里的“世界的尽头”。在这里，我们只看到了荒原、雪野，以及与驯鹿为伴的鄂温克人。

挪威的万年冰川

如果说地球上哪里有真正的童话世界，那一定在挪威。

这里的万年冰川，没有人工斧凿的痕迹，剔透晶莹，甚至《冰雪奇缘》里的景观都没有这里的那么让人惊奇、啧啧称叹。

恐怖片现场：硫酸湖

在印尼，我们见到了地球上最真实的恐怖景观：硫酸湖。火山丛中，一汪特别安静的湖泊，那氛围却是异常的诡秘。湖面酸雾缭绕，影影绰绰。整个湖泊里没有任何生物，周遭甚至都没有飞禽的啼鸣。我划着橡胶小艇深入湖中，四周全是浓硫酸，俨然一部恐怖片的现场。如果稍有不慎跌入湖里，瞬间就可以被腐蚀得尸骨无存。

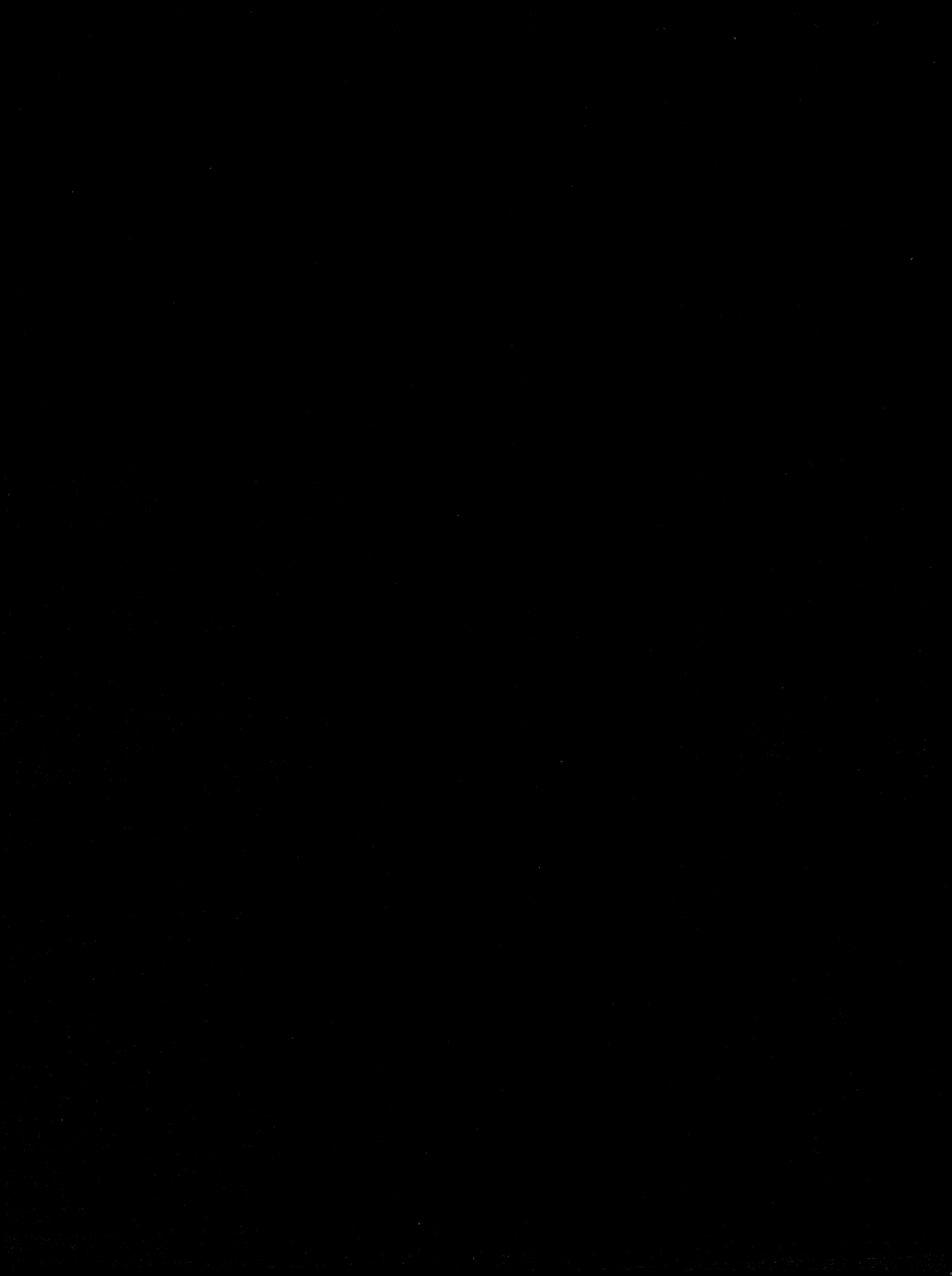

03
五彩世界

这个陌生世界，
每天都在给予我们新鲜、惊喜、感动，以及震惊。

TOGETHER
JOBS

加冕公园

这儿可能是世界上最特别的贫民窟。里面住着的都是白人。但是这个贫民窟却不似其他地方那样脏乱差，破败的屋、棚尽量整齐地挤在一块儿，一些捡来的垃圾被巧手做成装饰品，破旧的布料被拼接缝补成好看的窗帘……他们曾经是南非这个国家的脊梁，如今却沦落在贫民窟。不管生活多么穷苦潦倒，他们却依然努力保持尊严和生活的体面。

飞越“彩虹之国”

看过《飞屋环游记》后，我就常做这样一个梦：自己乘坐着五彩气球，翱翔天际。被称为“彩虹之国”的南非，是让那个梦想成真再好不过的地方了。在曼德拉的故乡乌姆塔塔，我终于等来了这天。200 只充满氦气的气球，圆了我的“飞屋梦”。五彩气球载着我飞向天空。那种感觉和坐飞机可完全不一样，翱翔天际，与风完全接触，随风飘扬。没有什么能让人感觉如此的自由畅快。我做过很多疯狂的事，但是这一件是我感觉最畅快、最回味不已的。

上帝之城

毒品泛滥、黑帮火并、警匪对峙、枪林弹雨……这不仅是影视作品里的场景，也是里约阿莱芒贫民窟的真实写照。闯入阿莱芒，我们几乎找不着向导，最后，一名警察好不容易才应下这个差事。才刚进去两分钟，就有小孩拍我们的车，我们只得马上撤出来。改坐缆车进去，全程也是战战兢兢。那名警察向导说，这儿的实际控制权依然在毒枭和黑帮手里，你永远不知道会从哪儿飞来一颗子弹，要了你的命。

足球小将

桑巴王国毕竟是个足球国度，在这儿我们遇到了当地家喻户晓的花式足球教练比奇，他曾教过内马尔和罗纳尔迪尼奥。我们和他一起进入另外一个贫民窟，去考察一名足球小将。那个孩子名叫胡安·迪奥，才 9 岁，球踢得很棒，在社区里名气很大。比奇、小胡安和贫民窟的一些孩子，就在半个篮球场大的一块水泥地上比画了起来。只要有足球在，这些生活在贫民窟的孩子脸上就全是笑容。比奇说，贫民窟没有好的教练教他们，这些孩子都是被埋没的天才。至于小胡安，比奇赞不绝口地说，假以时日，他一定会是一个巨星。

食人鱼

食人鱼到底吃不吃人？耸人听闻的传说很多，既然到了巴西，我想进亚马孙去试试。租了艘船，开了两天一夜，深入亚马孙河，在一处阴凉多浮萍的地方停下来，我们用鸡肉做饵钓食人鱼，还真有食人鱼上钩了。出了水的小鱼儿依然很凶悍，牙尖嘴利名不虚传。资料说人落水后因紧张会分泌一种生物电波，这才招来食人鱼的攻击，如果我平复好心态下去呢？我思考了几秒钟，纵身跳进了亚马孙河。

在水里的那一分多钟，估计船上的人都比我紧张，我尽力保持情绪稳定，还真没感觉到什么东西攻击我。湿漉漉地回到船上，我有点儿迷糊了，是食人鱼不会攻击人，还是这会儿它们还不饿？

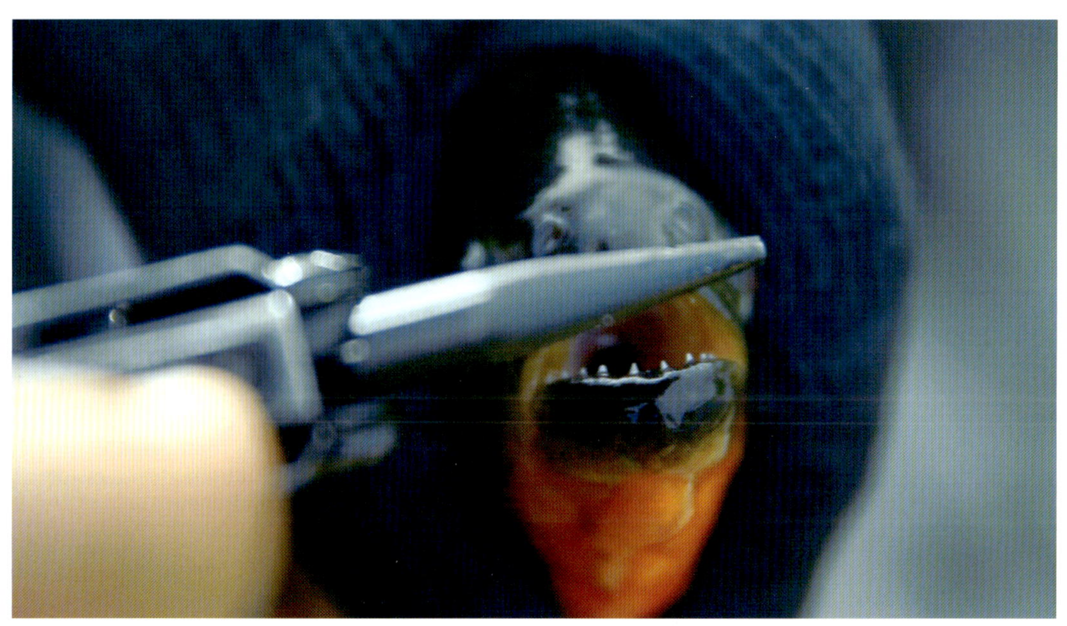

雅诺马马人

在亚马孙丛林深处，有一个雅诺马马人部落。此前，还从未有外人进来过。我们来了。这里一切都是原始的，找不到任何外来文明的痕迹。人们都半裸着，男人捕猎，女人哺育。还有最原始的纯粹，对我们这些外来的客人，他们只有热情，没有诉求。

食人族

他们曾经是“食人族”，外界盛传雅诺马马人吃人的传说。在部落里，我们问起了这个话题。他们告诉我，部落确实曾经有吃人的传统，把敌人俘获或者杀死以后，就会吃掉他们的尸体。后来，他们就不吃活人了，吃骨灰。但是不再是敌人的，而是自己去世的亲人的。他们认为吃掉亲人的骨灰后，逝者就会与自己同在。在大约 20 年前，他们终于也不再吃骨灰了，为了保留传统，他们把水果埋到土里，再挖出来吃掉以代替。

酋长的礼物

临走前，我送了一件侣行文化衫给酋长——我竟然送了件衣服给一个不穿衣服的部落酋长。不料酋长竟然马上把衣服套上了，然后摘下自己头上象征酋长地位的王冠，戴在了我的头上。那是由稀有的金刚鹦鹉羽毛编织而成的，代表着酋长在部落的荣耀与尊严，酋长竟然就这么送给我了。与此同时，有人给梁红也戴上了一个插着金刚鹦鹉羽毛的花环。

子弹蚁部落

丛林里还有一个特别的子弹蚁部落。这个部落里的每个男性，必须经过一场被子弹蚁尾刺针蜇的成人礼，才会被视为男子汉，可以留在部落里，否则就会被赶出村子。子弹蚁是世界上最大的蚂蚁，也是蜇人最痛的蚂蚁。蚁如其名，据说被它们蜇到像被子弹打中一样痛。人们把麻醉后的子弹蚁放进一个竹篾手套，成人礼仪式，就是挑战者把手伸进这个手套里。我将在这儿迎来自己在部落里的成人礼。

疯狂成人礼

手伸进去那一刻，百蚁叮蜇，无数股钻心的痛让我一阵痉挛，手像被钉板扎、开水烫，又像伸进了炭火里、油锅里……然后这种极限疼痛像电流一样随着神经末梢迅速传遍全身。我体验到了这辈子肉体上的最大痛苦，部落里的规矩却是不能哭、不能喊、不能摘。两分钟后仪式达成，手套摘下的那一刻，我也晕倒，失去了意识。再醒来时，一直对我们很轻蔑的酋长对我竖起了大拇指。

海上吉卜赛人

他们没有国籍，一辈子生活在海上。大海对他们而言，是摇篮，是猎场，是没有房顶的家，是温柔如阳光的母亲，也是严厉如风暴的父亲。孩子拿个脸盆，就是小小的船。从海上捡到漂浮的树枝，晾干了，就是做饭的柴火。石斑、河豚、海星、扇贝……打捞上的鱼儿，吃不了的，或太小的，会被扔回海里放生。他们每天要做的，就是过好今天，明天会发生什么，大海会给答案。一家人好好生活就很好，不会再继续去向大海索取更多。

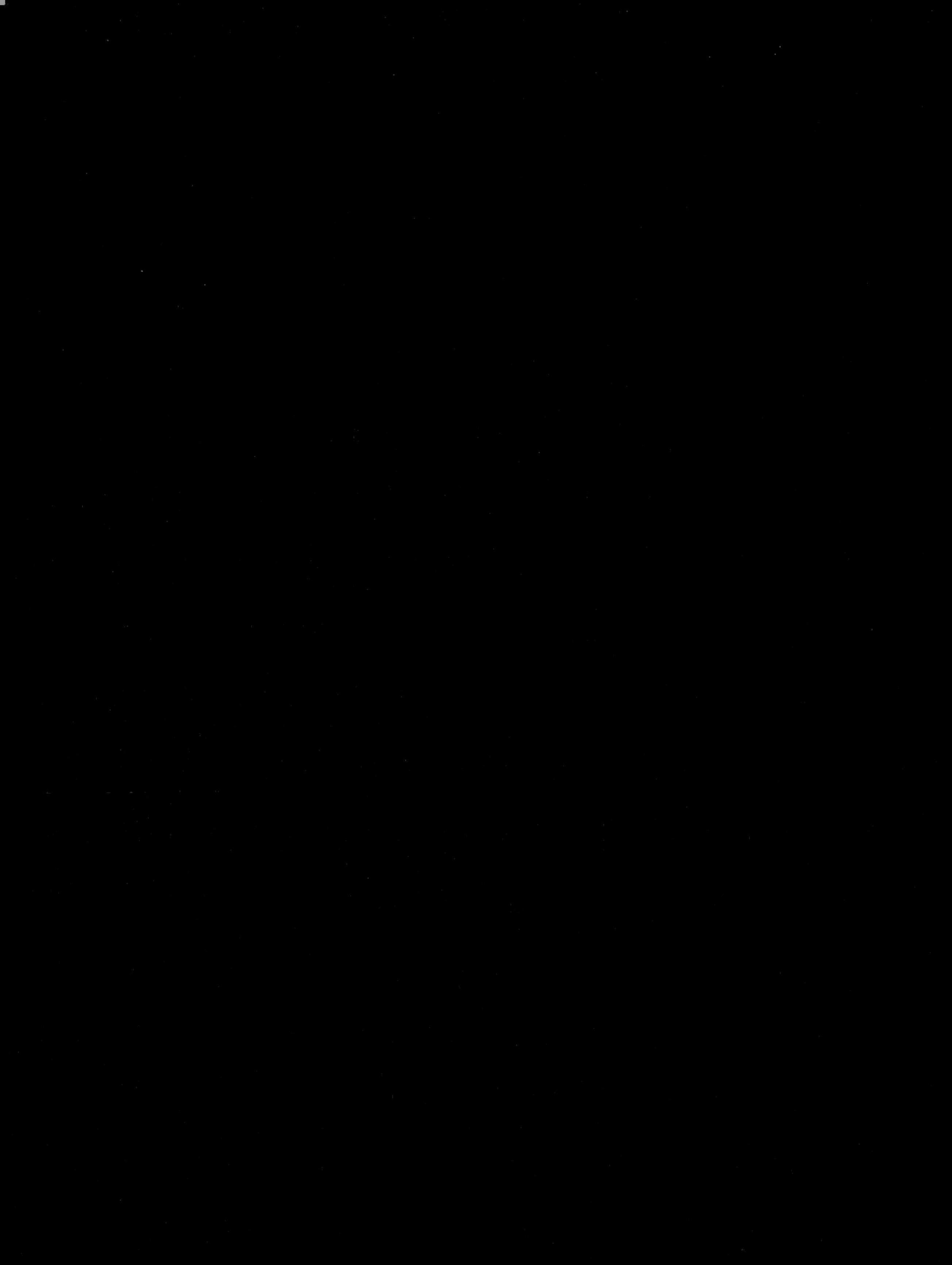

回忆的地图·四大无人区

2016 年，我们开启了一段在国内的行程，自驾穿越中国四大无人区：羌塘、可可西里、阿尔金山、罗布泊。

第一站：羌塘。我们从北京出发，上 318 国道，经墨脱、通麦天险，抵达拉萨后继续西进到唐古拉山口，然后进入羌塘。车外金黄的原野，逐渐变成银白，我们夜宿普若岗日冰川。

出了冰川，前路变得凶险，已经没有路了。簇簇积雪和突起的土包，拼凑出一幅特别的无人区画卷，我们进入了第二站：可可西里。

在可可西里的荒漠里，路上时不时地总有各种珍稀动物与我们做伴，但我们也怕遇到颇具攻击性的野狼和熊。可可西里原始的美丽，也给了我们不少残酷的考验。积雪掩盖了路面和沙坑，风凌石也特别伤轮胎。

一番有惊无险，我们终于进入了奇泉绝景的阿尔金山。这儿绝对是一个上帝都造不出来的地方，沙山、湖泊、雪原、沙子泉在这儿完美融合，各种野生动物在这儿奔跑、飞翔。

最后一站，是我们 2015 年曾到过的故地罗布泊。这一次，我们弥补了当年的遗憾，去了若羌博物馆，看到了传说中的“楼兰美女”和楼兰古城的复原模型，还去了 2000 多年前米兰古城的遗迹。

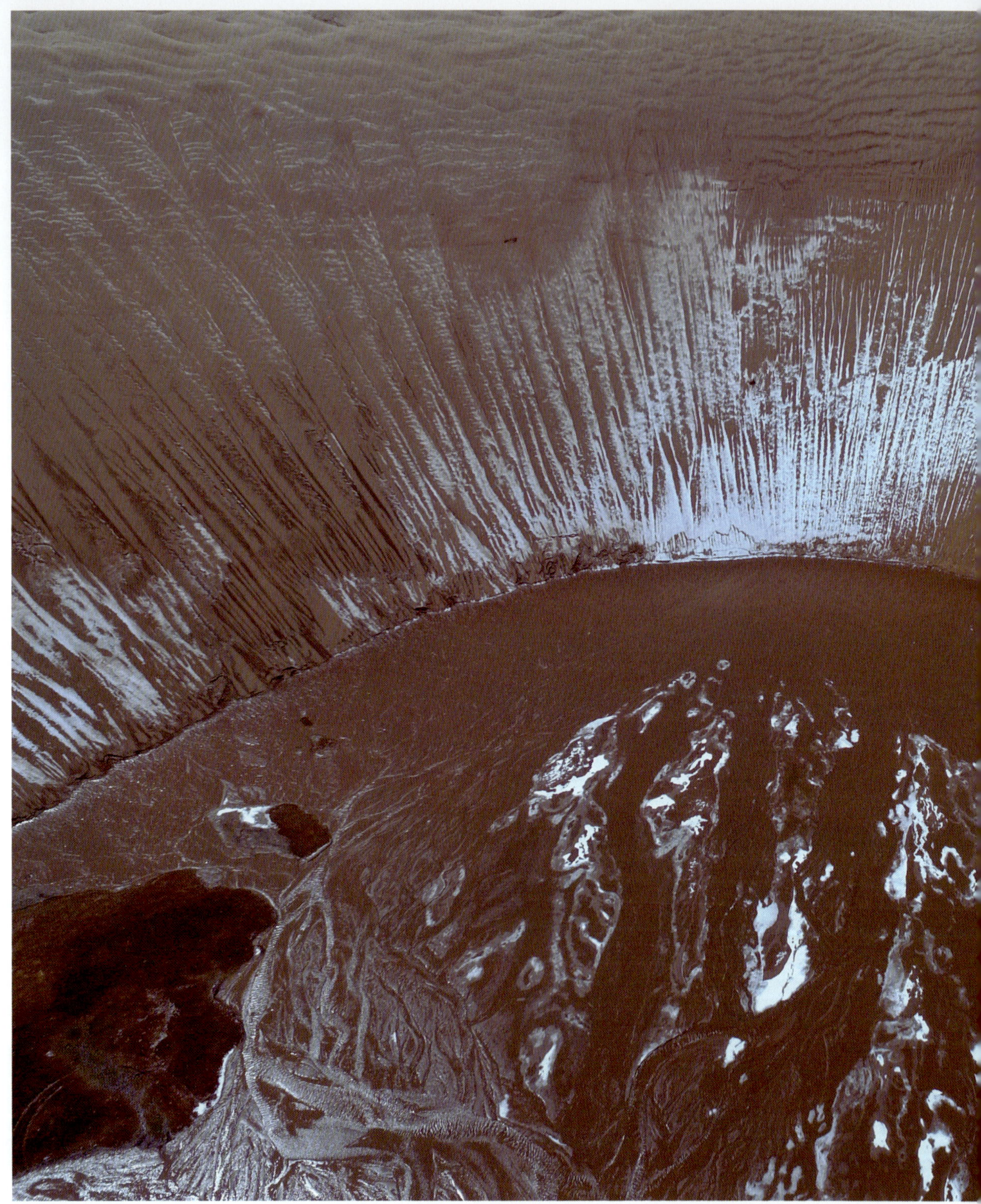

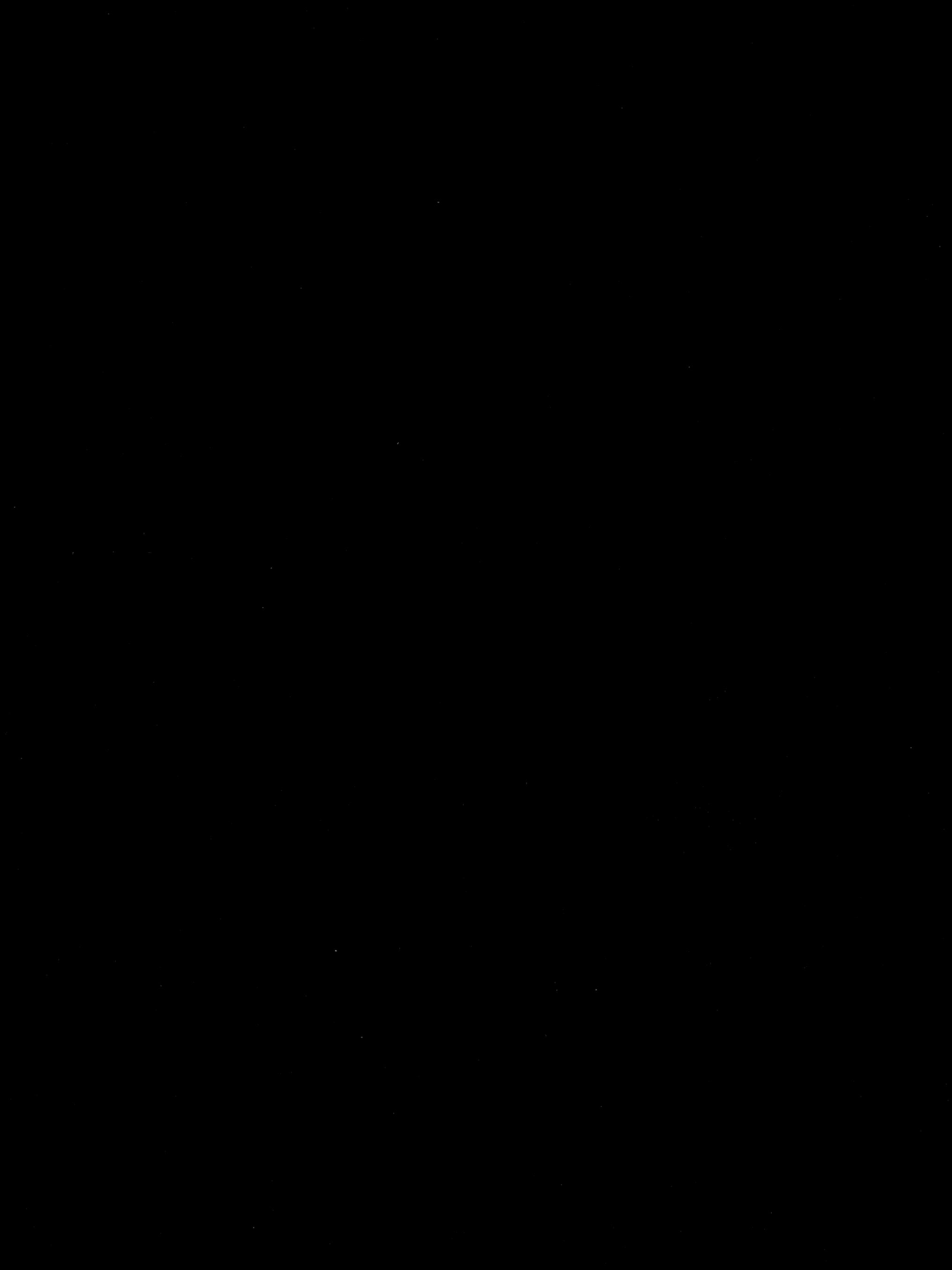

04
战火掠影

闯入熟悉又陌生的世界，
我们想用脚步丈量世界，在战火里打捞光明。

最熟悉的陌生人

在《新闻联播》里、互联网上、各种人聊天的话题里，我们常常都能听到关于中东、关于阿拉伯世界的故事：迪拜的繁华、巴格达的混乱，还有两河文明、海湾战争、恐怖大亨……可是细想，我们仅仅知道一些名词和传说。关于阿拉伯世界，我们有太多的猜测、想象和误读。本以为很熟悉，但我们好像又一无所知。因此才有了我们这次的西行之旅。重走丝绸之路，千年后中国人的再次西行。我心所向，是揭开阿拉伯世界的神秘面纱。

穿越罗布泊

“神秘失踪”“离奇死亡”“双鱼玉佩”“楼兰女尸”……在中国，关于罗布泊的传说，一定是各类逸闻榜的头条。我们的西行之路，就是从罗布泊开始的。两台车一行人，我们就这么闯进了罗布泊。还好各种传说中的灵异事件并没有缠上我们，遭遇的都是物理事件。爆胎、陷车、沙尘暴先后而至。抢修、拖拽、和风暴赛跑，我们灰头土脸地和罗布泊过招。

京Q·B9911

拾荒楼兰

楼兰古城的遗址并不壮观，实际上，那儿只剩下一地枯黄。那个带着各种神秘色彩传说的国度，早已飘散在历史的尘埃里，如今茫茫戈壁上，只剩下一点儿遗迹，在诉说这个王国当年的辉煌。梁红捡到一小块金属，那是一枚古钱币上残留的屑角。云母、陶罐碎片、骨骼碎末……我们像两个拾荒者一样，在楼兰古城里不断地有新发现。当然都是捡起来看看，然后放回原地。这里的一切都有着历史的印记，我们只能徜徉其中感受和想象，不能带走任何东西。

卡拉库里湖

上了帕米尔高原，我们在卡拉库里湖边歇脚扎营，边上就是慕士塔格雪山。湖光静谧，冰山守望，傍晚的天空风云际会，我们一下子被这儿的美景震撼了。依山傍湖而眠。这一夜，大概是我们此次西行能享受到的最后一次惬意入梦了。

飞渡堰塞湖

进入巴基斯坦没多久，在前往吉尔吉特的路上，我们就被困住了。喀喇昆仑公路在这儿被一个堰塞湖阻断了。2010 年 1 月的一次暴雨，两旁山体滑坡将这附近的十多个村子掩埋了，同时也阻断了公路，在这儿形成了一个堰塞湖：阿塔巴德湖。湖宽 2300 米，最深处达到 60 多米。湖边倒是有不少摆渡船，人能走，但是我们的车看样子悬。周边的一些船家和居民一起帮忙，折腾了大半夜，车依然没法上摆渡船。眼看车到山前没有路了，我们竟遇到了中国路桥公司的人，一打听，他们还真有大货船。听闻同胞遇事儿，他们爽快地答应，明儿一早来载我们过湖。

助巴基斯坦建设公路
牲同志之墓
一九七八年

守墓人

吉尔吉特郊外，有一座中国烈士陵园。陵园里安葬着 88 位中国人，他们都是援建巴基斯坦，修筑喀喇昆仑公路时牺牲的，还有 22 个空墓，是为悼念当年在工程中失踪的人而建的。每块墓碑上都有他们的名字，后缀都是烈士。还有中、巴两国的国旗，以及象征着两国友谊的手握在一起的图案，写着：中巴友谊长存。一名叫作阿里·艾哈迈德的老人，在这儿守了 40 年。这些年无论刮风下雨、时局动荡，他每天都会准时到这里守护、陪伴烈士。我们一起在烈士陵园敬献花圈和鞠躬，临别之际，阿里老人希望我们帮他把这番话带回中国："这些烈士的亲人，曾经爱护和关心他们的人们，一定会担心烈士们在遥远的国外很孤单。请让烈士的亲人和子嗣们放心，只要有巴基斯坦人，他们绝对不会孤独。"

大树学校

在伊斯兰堡，我们发现了一所特别的学校：大树学校。这所学校没有教室，也没有桌椅，所有人都在街心花园的一棵大树下席地而坐，听一位头发灰白的老者讲课。他是阿尤布老师，大树学校的校长和唯一的老师。他 27 岁时就在大树下办了这所学校，把街头的流浪者、童工等劝到学校。30 年来，有超过 2000 名学生从这里毕业。在大树的旁边，阿尤布老师给自己准备了坟墓，他对学生们说："我老了，身体越来越差，答应我，把这个学校办下去，让我能够一直看着你们。"用"肃然起敬"这个词完全不足以表达我对他的敬意，他凭着一己之力改变了 2000 多个人的命运，实际上他的付出甚至已经在无形中改变了这个国家的发展进程。

Casper
ARE
PEACE

礼物

从国内出发前，我们联合北京几所小学的小朋友们，给巴基斯坦的孩子们准备了一些礼物：风筝。在白沙瓦，我们把这些风筝送给当地学校的孩子。孩子们很高兴，但遗憾的是，因为那儿严峻的时局，孩子们无法出去放飞这些风筝。带着剩下的风筝，我们回了伊斯兰堡，回到了大树学校。阿尤布老师微笑着点头，孩子们开始在草地上奔跑撒欢，把一个个来自中国的风筝和自己的笑声一起，放飞天际。阿尤布老师似乎也被感染了，拿着一个风筝也跑到了孩子堆里。快乐真的是有感染力的，可以化解开很多本来无解的东西。望着眼前奔跑的老者和孩子们，他们渴求的快乐那么简单，却又那么难以企及。一个孩子笑着对梁红说：“美国人来这里放飞的是无人机，你们来放飞的是快乐。”

祈祷

在喀布尔城外，我们拍到了这样一幕。暮光之下，路边停着一辆废弃的战车，这个战争奇迹旁边，一个中年汉子朝西跪下，虔诚地做着礼拜。这个场景让我感慨良多。数十年来，那战车代表的战争裹挟着这片土地。这片土地上有成千上万的人，借着宗教的名义，驱动着战争。而阴霾之下，更多虔诚的信徒却被无端卷入战争。此刻他祈祷的会是什么呢？

电视山上的坦克

在喀布尔的电视山上，可以俯瞰整个喀布尔。山顶上卧着一辆苏制坦克的残骸。1979 年 12 月，苏联人驾着这款坦克，碾过阿富汗。现在当年的士兵都已离去，坦克的躯壳却留在了这里，遥望着曾被它毁灭过的城市。锈迹斑斑的铁皮上，有人用波斯语写了两个词：和解、和平。几个孩子爬上破旧的坦克，在那儿上蹿下跳，东敲西打。那个战争机器的残骸，如今俨然是他们的一个大玩具。战争的遗物还在，孩子们的明日还长。希望那辆坦克永远就是玩具，不会再目睹任何的铁与血。

巡逻

退伍 20 年后，我又在阿富汗的卫戍部队里“临时入伍”了。在喀布尔，我们得到了一个随阿富汗国民军第一一一旅执勤的机会。进了军队营区，士兵见到我们几个中国人，纷纷挥手致意。中国是唯一一个没有入侵过阿富汗的邻国，军人们对中国人颇为友善。萨米姆少校接待了我们，一见面他就用非常熟练的中文打招呼：“你好，谢谢，石家庄很美。”原来少校毕业于中国人民解放军石家庄机械化步兵学院。这一天的异域军旅体验颇为难得。全副武装地随军乘着悍马军车出行，在喀布尔城外布防、巡逻和路检，一天下来就和整个小队成了朋友。临别，和萨米姆少校拥抱，我说：“欢迎你再来中国。”少校说：“祝你们一路好运，我的朋友。”

女导演

萨拉·卡里米，是阿富汗唯一的女导演。她应该是阿富汗最特别的女人，不穿素色的衣服，没有罩着布卡，手上戴着首饰，鼻子上架着墨镜……这种我们看来再自然不过的打扮，在阿富汗却几乎是不可接受的。在如此恶劣的环境下，萨拉却敢坚持自我，除了生活中穿着打扮特别，她在事业上的追求甚至比许多和平国家的人更加坚定和崇高。她想在没有电影院的祖国拍摄自己的电影，让同胞和世人看到，真正的阿富汗不是外面的影片和新闻里描述的模样。她坚持留在一个男人们都想杀了她的环境里，去继续追求自己的梦想。生而为人就必有其价值，萨拉说："我从未丢失过希望，也永不放弃改变一些事情的决心。"

阿富汗的祖母

一个美国人，却被称为“阿富汗的祖母”。南希奶奶的父亲是位美国军官，她出生于印度，1962 年来到阿富汗后，就再也离不开这个国家了。她和丈夫自驾游历了整个阿富汗，寻找遗迹，考古发掘，还著书立说，向世界介绍阿富汗。后来苏军入侵，塔利班崛起，她也没有离开，冒着炮火在全国收集被掠夺的、遗失的文物、古籍、卷宗、胶片和音像制品。这个美国人，用了半个世纪的时间来守护阿富汗的历史和文化遗产。我们此次来到阿富汗，试图光影还原巴米扬大佛，她还竭尽所能地提供资料和社会关系来帮助我们。很荣幸能和这位伟大的老人结识。很遗憾，她在 2017 年去世了。临走前她还给我们来了一封长信。没法去给她送行，但是我们知道她并不孤单。始终记得南希奶奶曾对我说的话：“我的心里始终装着阿富汗，阿富汗人民也一直和我在一起。”

巴米扬山谷

历时 40 天，行程 8000 公里，我们终于抵达了巴米扬山谷。此次西行，这里是我们最为重要的一个驻点。此前的侣行，我们始终是记录者，这一次我们想做点儿什么，我们想做参与者。站在山顶俯瞰，整个山谷就像是一幅绝美画卷：农田、村落、房屋、树丛，远处插入云间的雪山……这幅画的鬼斧神工之处，便是山壁上那上千个洞窟，特别是东、西大佛的那两个巨窟，历经千年，陪伴和守望着这个山谷。遗憾的是，洞窟中的大佛不在了。

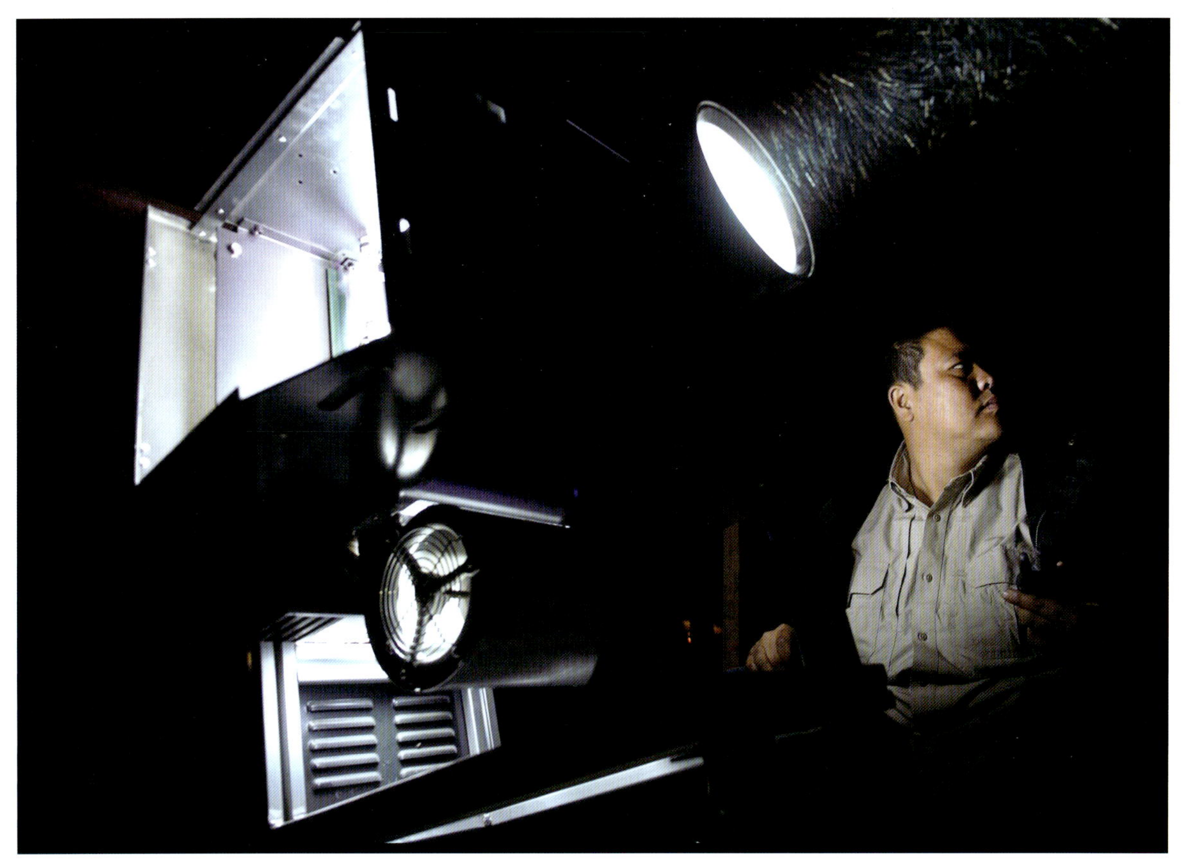

大佛

巴米扬大佛，是这个山谷里最伟大的图腾，丝绸之路上最为壮观的古迹，阿富汗人民最骄傲的记忆，也是人类最为珍贵的文化遗产之一。不幸的是十多年前被塔利班炸毁，后来，多国多方尝试修复都没成功。这一次，我们想用光影投影技术，让大佛再次矗立山谷。在国内花了很长时间找设备、改设备，无数次测试光源，还曾导致视网膜脱落，本来信心十足，真到了地儿心里却还是很忐忑。我太想做成这件事，真的害怕会出现瑕疵。阿富汗已经动乱很多年了，我试图点亮一丝光明，希冀能够驱走这片天空上的一些黑暗。许多人聚到山谷，附近的村民、学校的孩子、艺术家、运动员、政商界的人。太阳的余晖隐去，整个山谷的人屏神凝息。我有些紧张，梁红小声安慰："咱测试那么多次了，放心，咱一定行。""咔嚓"，清脆的开关声响，一束金光刺破夜空，投向洞窟。山谷瞬间被点亮。我们做到了。

节日

安静的山谷一下子沸腾了，人们开始欢呼、喝彩、呐喊、吹口哨，载歌载舞……有人拿出手机拍照，有人仍一动不动地盯着大佛，眼噙泪水。或许我无法完全感同身受大佛对他们到底意味着什么，但是看着这片饱经战乱的土地上饱受摧残的人们，此刻发自内心地笑、发自内心地哭，我知道我们这件事做对了，做得值。梁红说："这儿像一个大集会，或者说是个节日。"也许只有巴米扬大佛才能把大家都聚在一块儿，一起开开心心地欢笑起舞了吧。或许，这就是我们此次来巴米扬的最大意义了吧。

愿望

现场的人越来越多，有些住在远方的人看见山谷中的光亮赶了过来，有身在现场的人在打电话呼朋引伴，有人在社交媒体上分享着这一刻。山谷中间的空地变成了一个舞池，人们在里面载歌载舞。有人把我和梁红推进了跳舞的人群，我们跟着跳了起来。此刻的山谷里，只有欢声笑语，大佛的面前是美丽的山谷，是快乐的众生，没有战争压迫，没有乌云笼罩。后来南希奶奶对我们说：“阿富汗太久没有好消息了，谢谢你们为阿富汗带来了好消息。”希望以后阿富汗的每一天都能如此。这是我们几个中国人的祝福，相信也是所有阿富汗人的愿望。

速度与激情

做完在巴米扬山谷的事情之后，我们被塔利班悬赏通缉，无法从陆路离开阿富汗。找了各种关系都没办法出境，最后没辙，我们从俄罗斯租了一架伊尔－76 运输机，把我们连人带车运出境。这种场景很穿越，我和梁红坐在车里，车在飞机的机舱里，飞机在万米的高空之上。

巴格达的大提琴师

巴格达一处爆炸后的废墟上，坐着一位穿着礼服的中年男人，他拿出大提琴，专注而平静地演奏着。仿佛周围的一切都不存在。爆炸后的废墟成了剧场舞台。刚才还惊慌失措的人们，此刻都伫立原地静静地看着、听着，似乎忘了刚刚发生的爆炸，忘了生活里每天都会遇见的危机。我和他聊了一会儿，这位大提琴师叫卡里姆，美籍伊拉克人，著名艺术家、大提琴师。1991 年海湾战争爆发时，他买了张单程机票回到了伊拉克，再也没有离开。“我回来，就是想为祖国的和平进程做点儿什么。”十几年来，他会去巴格达每一次爆炸后的现场演奏，不管有没有观众和掌声。卡里姆说：“我没法儿去谈判桌上或者战场上争取和平，所以我想在废墟上用音乐来传递我对和平的信念，让所有伊拉克人都能够坚持活下去，一起看到明天的希望。”

拆弹部队

伊拉克拆弹部队，这群汉子出人意料地活泼，见到我们又是摆 pose 又是做鬼脸。很难想象，这是一群每天游走在爆炸和死亡边缘的人，从事着世界上最危险的工作。拆弹部队队长自豪地说：“我们可以挑战世界上任何国家的拆弹部队，因为我们是实战经验最丰富的团队。”结合伊拉克局势，这话不假。高实操率也意味着高伤亡率，拆弹部队的营地里有一面光荣墙，那上面便是他们牺牲的战友的照片。我问一个队员，为什么选择来拆弹部队？“我是一个军人，只有在拆弹部队，才只需要救人，不需要杀人。”“那你会害怕吗？”他如此回答：“我每天都会祈祷，能够活着下班回去抱抱孩子们，明天能够在自己的床上活着醒来。”

乌尔古城

在阿富汗，我们想让人们再看大佛一眼。在伊拉克，我们希望为一些文明古迹数字建模；如果它们在战争里倒下了，人们将来还可以再见到它们。计划中的亚述古城因战事紧张无法前往，我们去了乌尔古城——世界上第一座城市的遗址。一名叫达夫的老者守护着这里。“我父亲守护了古城一辈子，我也是，将来我儿子还会接替我，”老人说，“如果有人想破坏古城，就得从我的尸体上跨过去。”我由衷敬佩，这不就是现实里的英雄主义吗？我们在接近 60℃的高温下，花了八个小时，用 3D 扫描机进行了全方位的扫描，终于成功为古城建模。乌尔古城在两河流域伫立了 6000 年，见证了这片土地上文明的几度兴衰，如今在战火中岌岌可危。希望无论是能够侵蚀万物的时间，还是能摧毁一切的战火，都不要染指这里，让古城能够一直保留下去。

废墟科巴尼

叙利亚科巴尼——这已经没法儿称作城市了。整个科巴尼没有一栋完整的建筑，没有炊烟，没有招牌，没有人迹，甚至全城鸟飞绝。这里只有两种颜色：废墟的土灰色，几抹侥幸逃过轰炸的树叶的绿色。这一路我们走过的每一座城市，都有被战争破坏的痕迹，但是没有哪一个地方，像科巴尼一样被破坏得如此彻底。它不像是原子弹爆炸后被夷为平地的广岛，而是被炮火一寸一寸地推过去的焦土。

科巴尼的颜色

在科巴尼，我们见到的每个人，都会对我们摆出一个“V”的手势，老人、小孩、士兵，每个人都会摆出这个手势。最初我以为这代表着他们会取得最终的胜利，后来才感觉到，这个手势有着更多的意义：坚持、留守、回来、希望。

女兵

在前线阵地，我们去了一个女兵营，营地里的女兵都是十几二十来岁的孩子。其中有个女孩儿，眼神里满是淡漠。我过去问她：“你为什么跑来打仗？家里人不担心吗？”她冷淡地回答：“我没有家人，他们都死了。”我接着问：“那你觉得你们会取得胜利吗？”她的眼神瞬间亮了起来，她说：“我们是正义的一方，所以一定会取得胜利的。”“胜利之后，你想干什么呢？”我接着问。女孩儿沉默了一会儿，眼神又暗淡了下来。她说：“等到胜利的时候，我已经死了。”

前线

我是一个退伍军人，在叙利亚第一次到达真正的战场前线。夕阳西下，这片黄色土地上的黄昏多了一些悲怆。眼前一片安宁与和谐，而明天这里将会子弹横飞、硝烟四起，甚至尸横遍野。我们和他们，生活在同一片天空下。我们并不是生活在一个和平的时代，只是很幸运地生活在一个和平的国家。

军刀门

这是萨达姆时期修建的，象征着权力和当时伊拉克在海湾地区的霸主地位。随后伊拉克便陷入了连绵不断的战乱：两伊战争、海湾战争、伊拉克战争……

军刀依旧在，强人时代却不在了。逆光之下我们在军刀门拍了这张全家福。希望军刀永不落下，伊拉克迎回和平。

末日的黎波里

阿齐齐亚兵营，利比亚的心脏，卡扎菲曾经的堡垒，如今却沦为一片被废弃的战场。人们选择在这里决斗，两派势力的火并也在这儿。赢的人走出去，输了的人，这儿就是天然墓葬场。可以说阿齐齐亚已经死了，卡扎菲死在了这里，无数士兵和平民死在了这里。现在和将来，这里仍会增添许多尸体。阿齐齐亚行宫，变成了阿齐齐亚墓地。的黎波里国际机场亦是如此，曾经北非最好的机场，现在景象宛如末日。

难民中心

利比亚难民中心，每个人都有一个自己的故事，但他们有着相同的诉求：离开这里。但是他们似乎永远无法离开。没有人愿意离开故国家园，但是为了活下去，他们只能踏上逃亡这条路。留在战乱中他们会死，逃亡当难民他们也可能会死。但是未知的生的可能，永远比坐以待毙吸引力要大一些。沦落难民营后，他们又该希冀什么呢，是回家，还是继续逃亡？

5.12汉旺地震遗址

重回汉旺

2016 年，我们重回汉旺。八年前，这里的一场地震，改变了我和梁红的人生轨迹，也彻底改变了无数人的生活。在汉旺的救援，一直是我不太愿意回想的一段经历。这次回来，崩陷的路面已经联通，倒塌的房屋重新伫立，那些满目疮痍都已修复，不知道人们的内心是否已经平复。一个我不敢回望的地方，我还是回来了。这会儿站在这里，依然会揪心地难受。没有带香纸，我点燃了三支香烟摆在马路牙子上，祭亡灵，祈苍生。

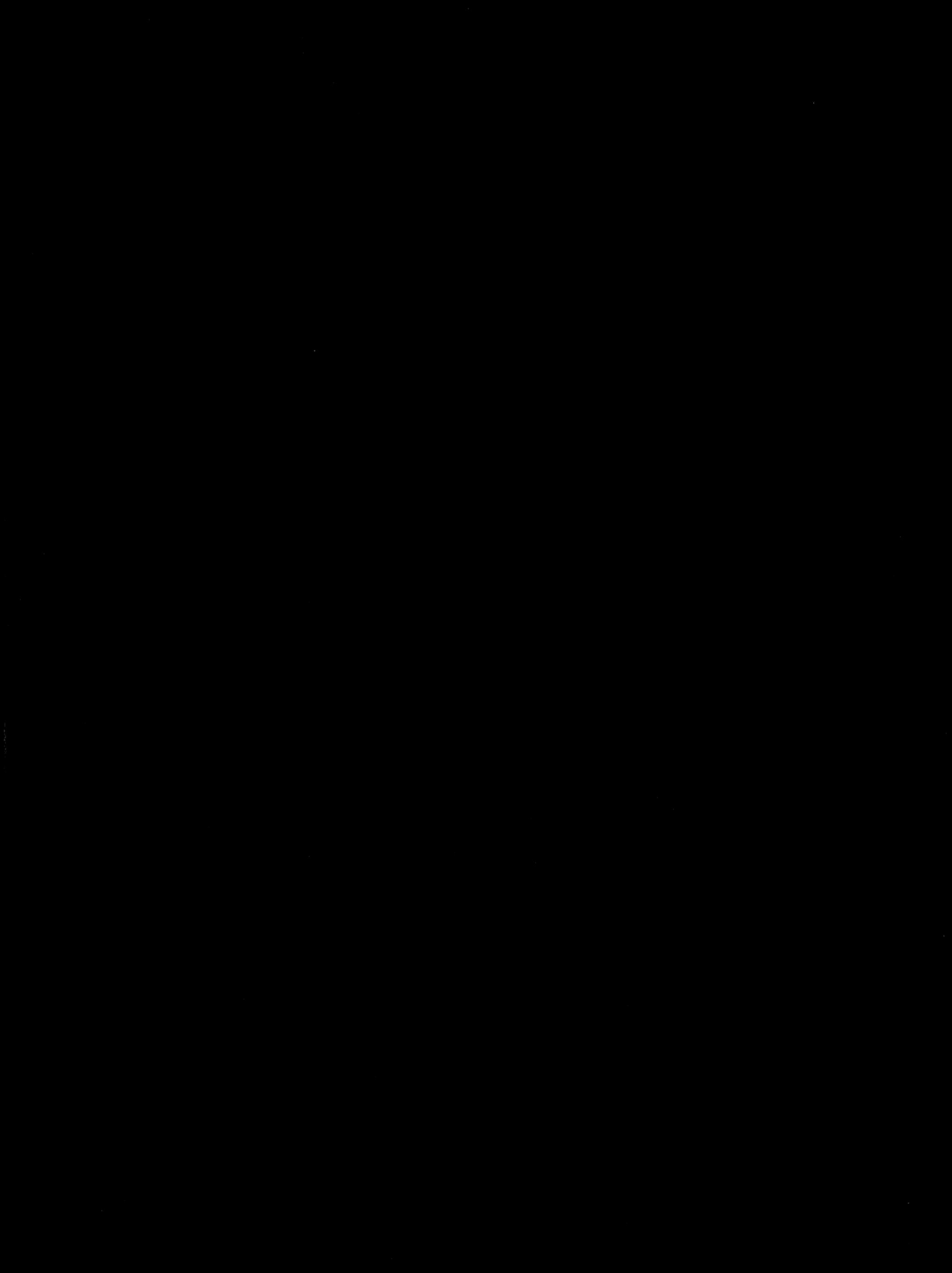

回忆的地图·珍贵的礼物

一路走来，我们遇到了很多人，听说、见证了他们的很多故事，在彼此的人生中有过短暂的交汇，是聚散匆匆却相怀永久的朋友。他们送的礼物，一直被我们珍藏着。还有一些特别的物品，或是陪伴我们走完某段行程，或是我们完成一件有意义的事后得到的纪念品，无论是哪种，它们都见证了我们的侣行。

卢旺达的牛粪画

在卢旺达，我们遇见了许多当年大屠杀的幸存者。许多失去丈夫的女性成立了一个牛粪画合作社。她们在新鲜的牛粪里加入水和石灰，花上 6 个小时，就能绘出一幅售价 30 元人民币的牛粪画。 这些明亮而简单的图案，勾勒出了大屠杀幸存者的重生之路。

大猩猩手杖

在卢旺达的维龙加火山公园，我们实地探访了“金刚”的原型：山地大猩猩。从那儿我们也带回了特别的纪念品：“金刚”手杖。

NOV
ALASKA
20
KCW 986
THE LAST FRONTIER
MONTEREY BAY
APR
California
2018
4AYL617
CALIFORNIA STATE UNIVERSITY

车牌照

看见这三块车牌，我们就想起了曾走过的两条世界上最长的路。白色窄条车牌代表的这条路，是我们从俄罗斯一路向西，穿越了整个西伯利亚荒原；黄色车牌和白色宽条车牌代表的这条路，是我们从北美洲一路向北，把车开进了北极圈，开到了北冰洋，看见了最美的极光。

侣行

“炮弹”帆船

在中国台湾的金门，1958—1979 年间，这里曾落下过超过 100 万枚炮弹。后来，有人突发奇想，把这些废弃的弹头做成锋利耐用的菜刀，再卖给往来的游客。2014 年我们来到金门，我就找了枚炮弹弹头，亲自动手切割焊接，做成这艘帆船，作为我们帆船环球航行的纪念。

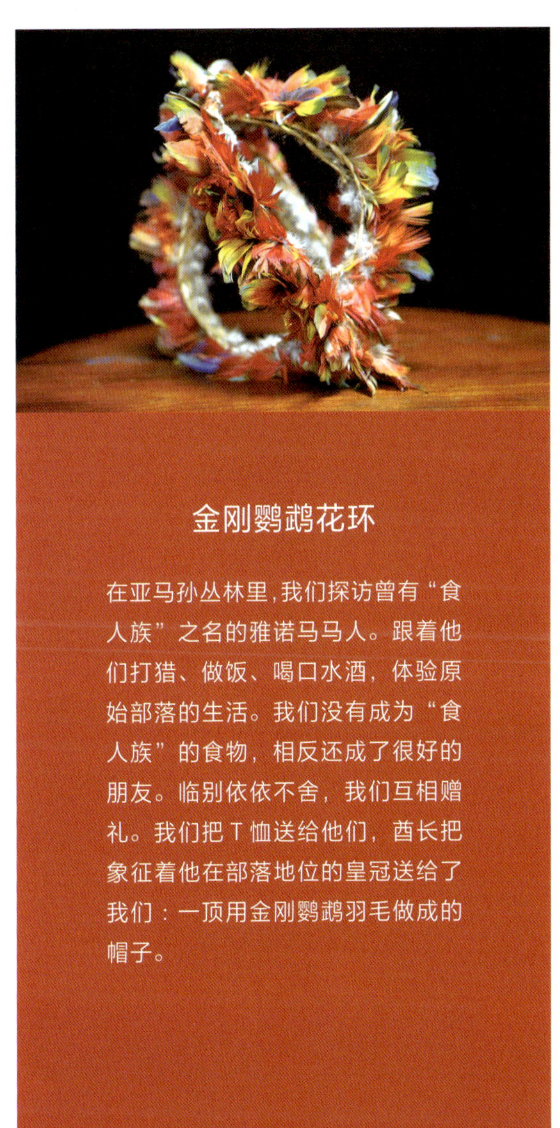

金刚鹦鹉花环

在亚马孙丛林里，我们探访曾有“食人族”之名的雅诺马马人。跟着他们打猎、做饭、喝口水酒，体验原始部落的生活。我们没有成为“食人族”的食物，相反还成了很好的朋友。临别依依不舍，我们互相赠礼。我们把 T 恤送给他们，酋长把象征着他在部落地位的皇冠送给了我们：一顶用金刚鹦鹉羽毛做成的帽子。

华拉尼部落长矛

如果评选地球上“最后的净土”，厄瓜多尔会是最有可能入选的国家：五分之一的国土都是生态保护区，还生活着许多与世隔绝的土著民族。2017 年，我们来到这里，探访雨林里的华拉尼部落。他们就像电影里的原始部落一样，用长矛、“口箭”来捕猎。他们萃取了丛林中一些植物有麻醉功效的汁液，涂在箭头上，被射中的猎物便会被麻醉，猎获。临走时，他们将一把部落长矛送给了我们。

马赛人钻木取火工具

2018 年，我们开车穿越了“地球上最美的一道伤痕”：东非大裂谷。在肯尼亚，我们探访了一个马赛部落。他们是东非最独特的部落之一，孩子一旦开始走路，就会被送出去跟动物共处，学习在野外生活的技能。钻木取火，就是在野外生存的必修课。他们钻木取火的工具，也成了我们收获的又一件特别的礼物。

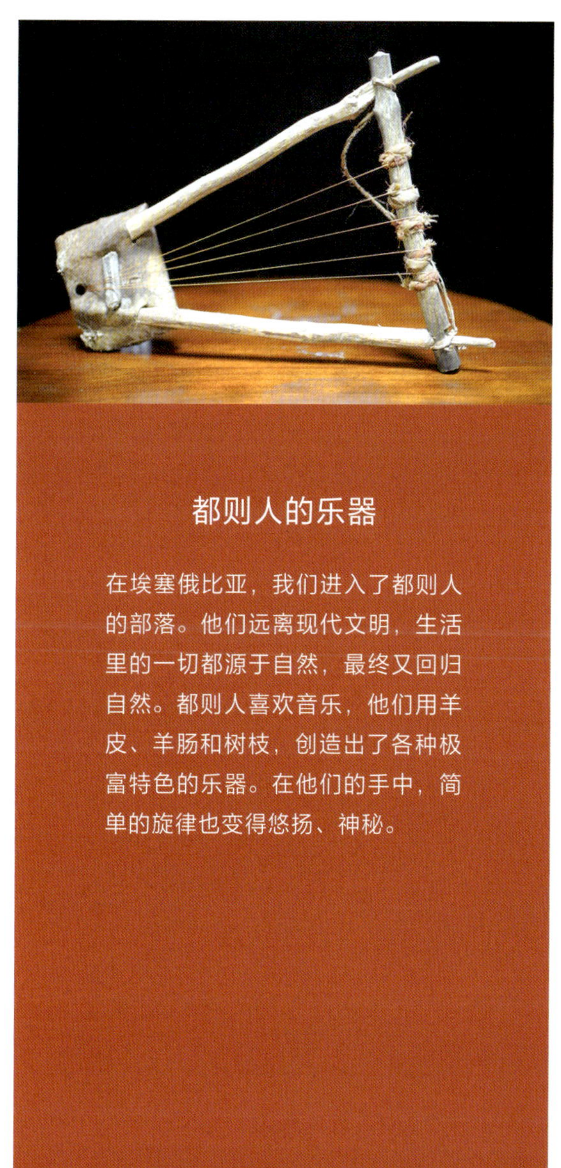

都则人的乐器

在埃塞俄比亚，我们进入了都则人的部落。他们远离现代文明，生活里的一切都源于自然，最终又回归自然。都则人喜欢音乐，他们用羊皮、羊肠和树枝，创造出了各种极富特色的乐器。在他们的手中，简单的旋律也变得悠扬、神秘。

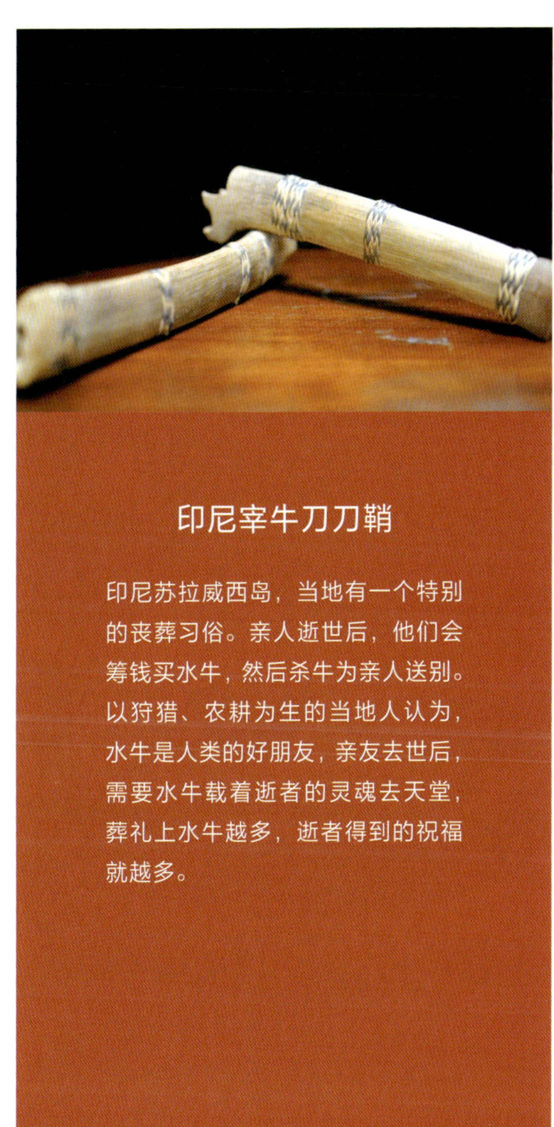

印尼宰牛刀刀鞘

印尼苏拉威西岛，当地有一个特别的丧葬习俗。亲人逝世后，他们会筹钱买水牛，然后杀牛为亲人送别。以狩猎、农耕为生的当地人认为，水牛是人类的好朋友，亲友去世后，需要水牛载着逝者的灵魂去天堂，葬礼上水牛越多，逝者得到的祝福就越多。

NorthStar
GLOBE
Coleman
GLOBE NO. 2000D043
3512

复古照明灯

大伙儿一定想不到，这个复古照明灯也是我们侣行途中的重要设备之一。2013 年 7 月我们驾驶帆船出发去南极，茫茫大洋之上，我们经常遇到暴风骤雨，机器故障和断电时有发生。雨横风狂中，汪洋中颠簸的孤舟上，这盏照明灯是我们在沧海之中唯一的照明工具。它既是眼前的一盏灯，也是心里的一束光。

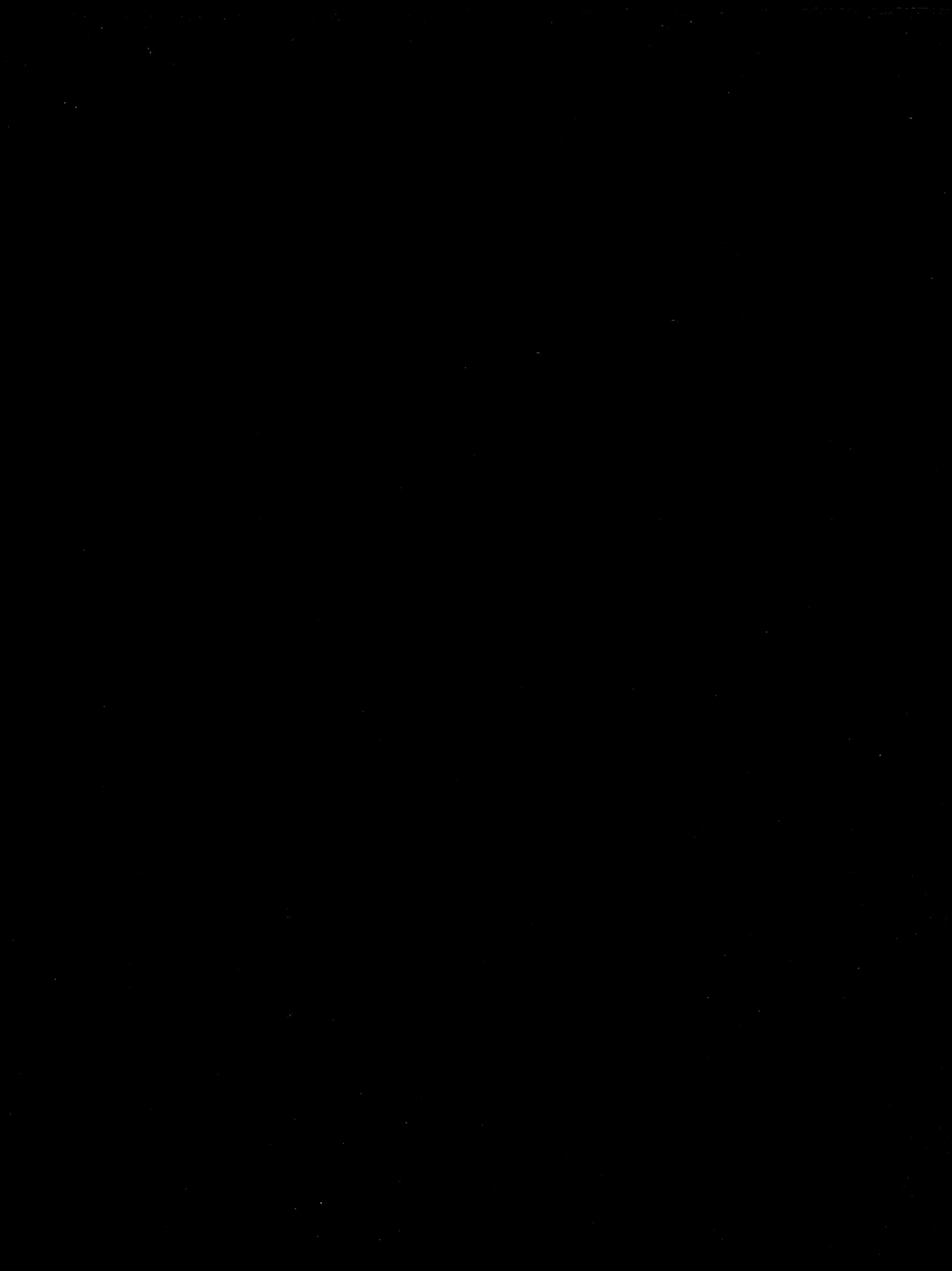

05
云上的日子

最初的梦想，最难的征途，
也是最笃定的信念。

加格达奇的日子

在大兴安岭深处，我和梁红重新做回了学生，夫妻变成了同学。就一个感觉，累。理论课、飞行训练、机械维修、气象图……睁眼上课、上飞机，闭眼是操作、仪表……我向航校申请，增加了四倍的培训时间。我们俩必须五个月内完成两年的课程和训练课时。侣行路上，为了避免意外和危险，我一直是个细心谨慎的人。自驾飞机环球飞行，更是得慎之又慎。汽车坏了停路边，船坏了漂在海上，飞机要是出故障了，那就是空难。

搭档

以前我是船长，是队长，这回我是机长，梁红是副机长。这次环球飞行，由我和梁红共同驾驶。开飞机更加需要配合默契，我一点儿也不担心，我们是伴侣，一直也是最心有灵犀的搭档。梁红说过：不管在什么情况下，只要老张在身边，我就踏实。我没说出来的话是：不管在哪儿，只要扭头看见梁红，我就心安。

结业礼

伴随着一片欢声笑语，一盆盆冰凉的水浇在我头上，我毕业了。五个月里，我积累了 700 个小时的飞行经验，终于拿到了运 -12 的飞行执照。“冷水当头毕业礼”的意思，就是让一个驾驶员永远保持冷静，以后每一次飞行，都要像初次飞行那样谨慎、小心，注意安全。

“超级白”

我们的新座驾，运 -12 Ⅱ型运输机，原注册号 B-3804，运 -12 是中国第一款拥有自主知识产权的运输机。我给它取名“超级白”。它已有 32 年机龄，比我小不了几岁，是当年国家罗布泊科考的功勋机。已经退役的它，被我捞出了机库，进行全方位的检修、改造，然后重回蓝天。环球飞行史上，还没有中国人驾驶中国飞机完成的先例。我和梁红希望“超级白”能陪我们一起，填补这个民族纪录的空白。

飞机瘦身

起飞前的日子，梁红在机舱里核资料，我在下面修飞机。飞机太老，我们的航程太远。为了减重，我几乎把飞机里能拆的都拆了，每天拿着扫把旮旮旯旯地扫，能清出来一克是一克。出发前，我给所有队员定了量，行李都得上秤，不能超重。飞机轻点儿，油就能多加点儿，故障应急时间也能多几秒。

冲上云霄

五个月的学习、训练，700 个小时的飞行时间累积，上千次的起降，终于到了出发这一刻。来自全国各地的几百个网友，聚到零下 20℃的哈尔滨给我们送行，梁红感动得泪洒当场，我可得憋着。来的、没来的，世界各地的网友的关注和祝福，我们都记在心里了，感谢每一个你。特想跟大伙儿说一句，不是我们给了你们什么，而是你们给了我们许多：力量、勇气、坚持。让我们一起继续走下去。

首飞惊魂

我们此次环球飞行，依然面对着无数的质疑，说这是个不可能完成的任务。无论如何，我们出发了，离地，冲上云霄。第一段一定不能出事儿，其实那会儿我心里紧张远大于兴奋。机舱里气氛也有些紧张，大伙儿心里都没谱儿，我就找点儿话题逗逗乐子。但还是出毛病了，到了俄罗斯，要降落时，飞机刹车失灵。整个人一下子紧张起来，但是我脸上不能慌，我一乱，所有人都得乱。我的脑子跟螺旋桨一起飞快地转，一顿操作，终于“不太平稳”地降落了。机舱里一阵掌声和欢呼，大伙儿高喊：“多谢机长不杀之恩！”

雪橇

堪察加，在俄罗斯人眼里，这片荒原就是世界的尽头。我和梁红都是北方长大的孩子，每年都能见到雪，小时候也曾在雪地里撒欢。在堪察加半岛的埃索，我们两人却是第一次一块儿坐上雪橇。长大后再在雪野里玩耍，梁红说我开心得像个 270 斤的孩子。

驯鹿旋涡

几千只驯鹿在荒野雪原里奔跑。说是无序，也是有序，它们在飞速地移动转圈。我们像是在看特效大片一样，那场面特别震撼，像千军万马在雪地里催动，又像是雪地上刮起了一阵龙卷风。

回到昨天

又一次跨越白令海，上一次我们是开帆船，这回是开飞机。再次过换日线。当年我们把船横在换日线上，我和梁红一个船头一个船尾，她在昨天我在今天。这回我们俩肩并肩坐在驾驶舱里，没法重现这种场景了。梁红说：“这回咱们是肩并肩一起回到昨天。”我说：“这不错，咱们赚了一天。”

飞行小镇

飞了六个小时，我们抵达北美。这是我们第一次跨大洋、跨大洲、跨昼夜，还跨了换日线的飞行。在安克雷奇检修飞机的空当，我和梁红还抽空去了传说中的飞行小镇。这儿家家户户都有飞机，开飞机上下班，开飞机送外卖，开飞机去超市，太任性了。借着这个机会，我还在这儿感受了一把雪地飞行训练。

缺氧

飞机减重，我把增压舱拆了。这次在北美为了避积雨云，飞机上到了 17000 英尺（5181.6 米），不一会儿大伙儿都陷入了缺氧状态。高空缺氧很危险，一分钟左右人就会昏厥。我赶忙让梁红吸氧，这回我们带的氧气不多，她总想省着用，匆匆吸一会儿就要给我，把我给弄急了，说这是机长的命令，她才安心吸氧。这次环球飞行，受飞机条件所限，除了心理压力，身体压力也挺大的。每个航段都是长时间飞行，我和梁红在驾驶舱里不能挪窝，所以都穿着纸尿裤，还得忍受时时刻刻的高分贝噪声、缺氧、目眩等。无论如何，在侣行路上，我们都得变成最强大的那个。

飞往春天

三个星期前从哈尔滨出发，中国正过年。随后在俄罗斯远东地区和美国阿拉斯加，也仍是冰雪世界。当五个小时之后我们飞到西雅图时，这儿已经是春天了。这种感觉很奇妙，一天换了一个季。再往前在加勒比过赤道，我们就到夏天了；随后在南美和非洲，我们将闯进秋天。

边境墙

美、墨边境墙，一直延绵进大海里。赶上一个边境墙开放的日子，我们来到了墙下。一堵高墙，两个世界。亲人们只能隔墙相见。一个男人坐在角落里，和墙那边的妻子低语。6 岁的儿子跑过来，男人瞬间流下了眼泪。他把薯条一根根地通过栅栏间的小孔塞到对面去。一个老妇呆呆地站在墙边，隔网望向对面。她的孩子去了美国就再也没回来，20 年里她每周都来，却没有人来和她见面。我不知道这墙还会修多高、多长，但我知道一堵墙根本阻隔不了人与人相聚的愿望。

缉毒部队

南美的“银三角”，出口的毒品量已经超越了“金三角”，成为世界第一。这次环球飞行在秘鲁经停，我们深入安第斯山脉，去探访一支缉毒部队。这些二十来岁的年轻人，把自己的青春扔进了这茫茫无际的大山里，选择了和世界上最穷凶极恶的敌人对抗。每次出任务前，他们都会给家人发一条短信，这既是对平安的祷告，又像是一封遗书。一般拍摄缉毒警察，对方都会要求戴口罩或打马赛克，防止毒贩报复。但是这支缉毒部队的队员说不用，他们说：“我们并不害怕他们，我们还要消灭他们，而且成为缉毒警察是一件光荣的事情。”

ON THE
ROAD

火烧毒窟

我们获准随缉毒部队一块儿出任务，去捣毁丛林深处的一个制毒窝点。队员们全副武装，先是乘坐直升机低空侦察，确定方位，然后开车深入丛林，还要乘坐轮渡过河。远程跋涉之后，真的找到了一个制毒点，可惜毒贩提前得到消息，跑了。采样、检验、记录，然后安装炸药，炸毁制毒点，再放火烧掉，完全摧毁，防止缉毒警察走了毒贩再回来接着干。就在我们抵达的这个月，队里有三个战士被杀，但是没人退缩。秘鲁每年有 300 吨毒品流出，被运往美国、日本、欧洲，甚至中国。如果没有缉毒警察，这个数字会更大。他们不只是为秘鲁而战，也是为全世界而战。

最远的航程

从巴西福塔雷萨到非洲佛得角，中间横亘着大西洋，宽 2700 公里。而我们的“超级白”，极限航程在 1340 公里。我们飞不过去，但我们必须过去。有人劝，要不别飞了吧。我说，都到这儿了，不可能不飞。为了增航程，得腾出重量加油。我做出了全员下机，只留“小白”的决定，飞机上能不带的东西都不带，重量空间全腾给油箱。一声“平安”，和队员们分开。我问梁红：“紧张吗？”“紧张。”“害怕吗？”“不怕，你在我怕什么呀？”我一笑：“不怕，咱飞了啊。”

飞越大西洋

这是开船过白令海那次之后，我心里最没底的一次。我定了个 1200 公里的返航点，如果到那儿没顺风，咱就返航。忐忑地起飞，前面五个小时里，我们一直在等风来。揪着心不停地计算实时油量、重量和航程，完全没顾得上高空缺氧和低温。在即将抵达返航点的时候，老天爷似乎看不过去了，把顺风给送来了。直到那一刻，心里突然一松，不自觉地笑了起来，这回咱们有戏！8 小时 45 分钟，2700 公里，“超级白”降落佛得角，我们做到了。中国人和中国造飞机，第一次做到了。

INFRAERO
AEROPORTOS

沙漠风暴

离了岛国佛得角，我们进入非洲大陆，追着四季进了夏天。飞过了远东和白令海的冰雪皑皑，飞过了美国西海岸和墨西哥的郁郁葱葱，飞过了加勒比的波光粼粼，我们到了黑色非洲的雄浑沙漠。一上来撒哈拉就用一场沙尘暴迎接我们。第一次在空中看沙尘暴，就像一堵雄浑的灰色土墙似的，在我们前方缓缓移动，亲眼所见比《木乃伊》里的特效震撼多了。

飞翔之心

塞拉利昂。这支足球队里，所有队员都是残疾人，大多数人只有一条腿，守门员没有手。他们致残的原因只有一个：内战。他们也有一个共同的爱好：足球。身体残缺，生活环境艰难，但是他们没有一人放弃足球，组队一块儿奔跑、对抗、训练、比赛。这支独腿足球队有一个特别梦幻的名字：飞翔之心。一名独腿女队员说，足球改变了她，让她不那么自卑，可以出去认识很多朋友，会让她感觉到快乐和活着的美好。

梦想

卡马拉是独腿足球队里的明星，拿过巴西、意大利的很多奖项。他从小就喜欢足球，内战时，有人朝他的腿开了一枪。他失去了一条腿，但是依然没有放弃足球。他生活在困窘的环境里，和五个人合租一间小屋，共用一张床，一天只能吃到一顿饭，但是只要一提到足球，他就会笑起来，眼睛闪光。我问他，如果有钱了，你最想干什么。他说：“我想一天吃十顿饭。”刹那间，我眼角发酸，一时失语。

雨中佛像

“我们不是生活在一个和平的年代，只是很幸运地生活在一个和平的国家。”飞回亚洲，在家门口老挝经停，这是一个生活在炸弹上的国家。越南战争期间，美国在这儿投下了200 万吨的集束炸弹。战争结束后，数万颗未爆弹被留在了这片土地上。战争结束这么多年了，但这些遗留的炸弹却依然威胁着这里的人民。当年被炸毁的一座寺庙前，只剩下了一尊残破的佛像在守望。它经历了当年的战争，也经历了战后人们不太和平的和平。如果佛像能够表达，它会说些什么呢？

回到起点

“欢迎回家。”来自耳机里塔台的一句话，让我一下子就有点儿哽咽了。有句话叫近乡情怯，飞了六万公里绕了地球一圈之后，终于平安落地北京，我却无语凝噎了。这一路太不容易，我心里绷了六万公里的弦，到现在有惯性似的没松开。梁红下去了，我坐在驾驶座上，手上做着落地检查，脑子里回闪着这一路的点点滴滴。此刻没有“完成环飞，我们做到了”的豪迈，走了很远，经了很多，心里各种复杂的感情都上来了。无论如何，我们活着回来了。舱门打开，无数的声音一齐响起：“欢迎回家！”

行成功
红平安归来

B-3804
用航空有限公司

世界地图

“超级白”的归宿

六万公里环球飞行之后，“超级白”安静地停在了它的位置上。

我们把飞机捐赠给了中国航空博物馆。朋友问捐飞机什么感觉，我心里就一个词：光荣。当得知我们是民间第二个捐飞机的，上一个是常香玉大师时，那种光荣感就更澎湃了。从横空出世，到罗布泊科考，到退役落灰，再到被我捞出来重返天空，让中国人驾驶中国飞机完成了环球飞行，最后荣归故里，“超级白”这辈子也够传奇的。静静地看着停在停机坪上的“超级白”，它有这么个归宿，我们很欣慰。

云图

我们曾跨过山和大海，也穿过人山人海，见过极地的风景，见过战火下的国家，见过雨林的神秘，见过各种肤色的人，我们却是第一次见到云上的光景。往日抬头仰望，总是能看见天空中飘浮的絮絮朵朵，也会好奇云的上面是什么样的。这次自驾飞机环飞，终于得以亲眼见到。各种气候和时节，千姿百态，那种奇异的景象难以名状，用照片来分享给大伙儿吧。

回忆的地图·侣行的“家”

十年侣行，大地、天空、海洋，我们都曾涉足；飞行、驰行、航行，都是我们的侣行方式。每一次出发，我们都有一个移动的“家”。正是这些家为我们保驾护航，我们才能走得更远。

FARTWO

“北京”号

南极结婚行程定下来后，我在世界各地跑船展、游艇展，想物色一艘合适的船开去南极。最后，我相中了丹麦造的玻璃钢结构的 X-Yacht 帆船。把船开到香港注册，我给它取的注册名是“ECHO X-yacht-07”。Echo 是梁红的英文名，07 是我的幸运数字。中文名是“北京”号。

京Q·B9911

“大白”“小白”兄弟

穿越中东，进入阿拉伯世界，我们的伙伴是两台越野车：梅赛德斯－奔驰 G500。我给它们取名“大白”“小白”，并大刀阔斧地做了改装。一路上“白家兄弟”穿山越水就不说了，它们还披过迷彩防护罩、挨过 M16 的子弹，也遭遇过 C4 炸药，还连车带人搭乘伊尔－76 直升机上了趟天。我们平安归来，它们功不可没。

yunliang

“太白”

“太白”，是我们 2016 年穿越中国四大无人区时的保障车，也可以说是“大白”“小白”兄弟那一路的保姆了。“太白”的前世，是陕汽 6×6 重卡，我们也对它进行了改装。极端情况下，可以把“大白”“小白”都开进“太白”的车斗里，让它背着走。改装后的“太白”堪称国内最强越野车。“大白”“小白”能把我们带到想去的地方，而“太白”能把我们都带回家。

B-3804

“超级白”

“超级白”，国产运 –12 机型，中国第一款拥有自主知识产权的飞机。我们在机库里发现它的时候，它已经 32 岁了，退役多年。我们对它进行了全身的拆卸、探伤、体检和重装。它载着我们飞过了四大洲、三大洋，并且在极限航程只有 1340 公里的情况下，成功飞越了宽度 2700 公里的大西洋。六万公里之后，它把我们安全地载回了起点。从此以后，咱们的民族环球飞行史上，“超级白”的名字将永远排在第一位。

BEIJING
Ocean Leader

“北京海洋领导者”

2017 年，我们俩自驾国产飞机环球飞行时，有一个重要站点：南极点。可惜抵达南美的时候错过了时令，难以如愿，这一次，我们将以另一种方式抵达。“北京海洋领导者”，将是我们再度起航的新伙伴。我们花了近三年的时间，辗转多国，这艘破冰船终于得以进入中国。它将是侣行十年迈向下一步的梦想方舟。这一次，它不止载着我们俩，还将带着更多梦想远方的年轻人，和我们一起去开启属于中国人的大航海时代。

06 给地球的礼物

十年时光，数十万里长路，
终此一生，我们想为世界留下点儿什么。

打捞记忆

“二战” 结束已经 70 多年了，这个地球却并不和平。有的人在纪念战争，有的人在制造战争。战争的残酷，只有那些亲历者才能够讲述。我们去了俄罗斯，跟随一个打捞小队搜寻“二战”遗物。打捞战争记忆，并不是缅怀战争。只有记得历史，反思战争，才能守护和平。

致敬

光影墙

上千名中国和俄罗斯老兵的肖像，还有我们一路穿越俄罗斯收集的那些关于“二战”的记忆，在这一刻，都投射在这一面由水构成的光影墙上。每一滴水，都是人们曾在战争中流过的眼泪。每一束光，都是我们不能遗忘的红色记忆。牢记历史，珍惜和平。

寻找“金刚”

我们到了“金刚”的故乡，维龙加。在电影里无所不能的“金刚”，回到现实生活中，处境有点儿艰难。“金刚”的原型山地大猩猩，因为战争掠夺和盗猎，目前全球仅存 800 多只，全部生活在非洲的维龙加山脉。从卢旺达的火山公园入园，跋涉两个多小时后，真的见到了传说中的“金刚”。当硕大的身躯赫然出现在眼前，我们难免有些心怯。山地大猩猩不怕人，好像也不暴戾。为不打扰它享用美食，我们保持距离合了个影。

非洲之心

它们也是地球的主人，更何况维龙加是它们的家，可它们却几乎无处安身。我们想为山地大猩猩做点儿什么，以呼吁更多的人，和保护“金刚”的志愿者，和我们一起来守护它们最后的家园。我们从国内带了3000盏太阳能灯到卢旺达，在火山公园里布了一个6400平方米的图案。夜空里，3000盏灯一齐点亮，公园瞬间变成了阿凡达世界里的样子。一只山地大猩猩和橄榄枝闪亮夜空。我们想让灯光照亮森林，点亮非洲之心；我们想让世人都能看见这幅景象，一起来保护这片森林和它本来的主人。

特斯拉线圈

2015 年，我就订了一个特斯拉线圈，搬到工作室里改造、测试。办一场闪电音乐会，一直是我的一个强烈愿望。经过了无数次的测试、调整，自己穿着防护服上去感受几万伏电压击破空气，2018 年，我们的特斯拉线圈终于调试完毕。它将被运往哥伦比亚，去点缀那场我希冀很久的闪电音乐会。

哥伦比亚

哥伦比亚，半个多世纪以来一直被毒枭和内战困扰的国家。四处泛滥的毒品危机、无处不在的暴力危机，早已将这个美丽的国家摧残得千疮百孔。人们入夜后就不敢出门，孩子们的童年里充满了暴力阴影，年轻人眼里看不到未来。我们想在这里，以一场闪电音乐会的爆裂方式，来表达我们的呐喊：闪电能变成彩虹，武器能变成乐器，音乐能够抵抗暴力。

闪电音乐会

特斯拉线圈制造的闪电刺破夜空，一把由 AK47 改造的吉他弹奏出了美妙的音乐。在闪电和音乐的吸引下，人们不畏入夜后的危机，来到了现场。在音乐中他们似乎忘了昨日危机，跟着我们一起唱一起跳。我们一起唱出来的是《欢乐颂》，我们所有人心里的呐喊，都是和平。

海岛之恋

远离大陆的所罗门群岛，孤独地漂在南太平洋上。全球气候变暖，海平面上升，很多海岛都面临被淹没的危险，前有图瓦卢，而所罗门群岛也很危险，已经有人的家园没入了海水。虽然物质贫瘠，但这儿的景真的很美，这儿的人真的很好。真的不想以后哪天从新闻里看到这个美丽的地方被淹没的消息。

最有意义的征集

我们想给所罗门群岛，或者说，给这个地球送一个特别的礼物。我们想打造一个海底家园，沉入所罗门群岛海域，以此呼唤更多人对地球气候变暖、对海平面上升的关注。这件事情，我们想让更多的人参与进来，因此发起了网络征集。三个月的时间，数千件颇有意义的金属寄到了我们的侣行小院。有人生的第一块奖牌，有结婚戒指，有骑去西藏的自行车，有奶奶留下的纪念……每份礼物里都有一个不同的故事，但是都有着一个相同的诉求：带着他们的祝福一起送往南太平洋，那是他们对保护地球的态度，也是他们的愿望。

海底家园

历时两个月，这个房子才被运到所罗门群岛。

入海那天，几乎全岛人都来了。有的人或许并不明白此举的意义，但是他们都希望自己的家不要沉入海底。我们把房屋运到一块没有鱼和珊瑚的地方，沉了下去，我和梁红也潜了下去。希望这个寄寓着关于家的记忆、关于家园的守护的礼物，它所承载的祝愿和温度，永远不会消失。

这些年里，我们在路上总会见到很多电视里才能见到的动物。每一次见到这些形态各异的生灵，不管当时情形如何，我们的心情都会变得好一些，或许，这真的就是动物们的魔力吧。

帝王猴

来到动画世界里看过的马达加斯加，我们最想见的，当然是动画片里那呆萌呆萌的狐猴了。找了当地的一个向导，深入丛林。我们一叶小舟荡在傍晚的小河上时，岸边突然蹿出来一只动物，正是动画片里那高傲的帝王猴！

指尖的狐猴

鼠狐猴，是马达加斯加狐猴里最小的一种，也是最难见到的一种。向导说有办法找到，但是只能晚上去，因为它只在夜间出没。深夜的丛林并不安静，各种动物的声音在林间窸窸窣窣。向导模仿着狐猴的声音，过了许久还真有回应，我们走近前，终于发现了它。

树懒和森蚺

在亚马孙丛林里寻访食人鱼的途中，我们遇到一户河边人家。这里不常有人来，他们很好客。他们家最吸引我们的，不是丛林美食，而是他们的两只宠物。女主人手里抱着一只树懒，而男主人脖子上则盘着一条森蚺。见我和梁红盯着两只动物看，他们客气地把宠物递了过来。树懒慵懒地趴在梁红怀里，那条森蚺我却不怎么敢接。

象龟

我们曾抵达南太平洋的加拉帕戈斯群岛，又称“进化岛”，那儿有很多地球上独一无二的动物物种。这座岛其实是有主人的，那便是象龟，加拉帕戈斯在西班牙语里的意思，便是“巨龟之岛”。最大的象龟身长可达 1.8 米，体重可达 700 多斤。

海鬣蜥

加拉帕戈斯另一个让我们印象深刻的物种，就是海鬣蜥。它就像是袖珍版的哥斯拉，自由自在地在海边的火山岩上晒着太阳，也不怕人。饿了就跳入海里觅食，但是有很多海鬣蜥下去了，却再也上不来。

我们的伴郎、伴娘：企鹅

远航 20000 海里来到南极，我们俩终于抵达梦想彼岸：南极。在白色大陆迎接我们的，除了长城站的工作人员，还有这块大陆的唯一主人：企鹅。这些走路摇摇摆摆的的小生灵实在可爱。我和梁红的南极婚礼上，它们自然入镜，竟爬上了梁红的婚纱，来抢着当伴郎、伴娘。我开玩笑说，要是逮企鹅不犯法，真想领几只回去。

科莫多龙

在科莫多岛，我们有幸得见地球上最后的“真龙”：科莫多龙。科学上称之为巨蜥，但它却配得上“龙”这个字。科莫多龙起源于 4000 万年前，比人类古老许多，而且外形俨然迷你恐龙，称之为龙并不是没有道理的。

“熊孩子”

在莫斯科郊外，我们探访了一户有“熊孩子”的人家：他们家的孩子是一头真的棕熊！熊孩子名叫Stepan，它从一个被解散的马戏团被领养到这户人家，我们拜访时它已经25岁了。它一点儿也不认生，跟我和梁红还都挺处得来。本来我琢磨着要不也养一“熊孩子”，但是当得知它每天得吃掉25公斤的鸡蛋和鱼肉时，马上打消了这个念头……这种吃货养不起啊。

帝王蟹和椰子蟹

人人都爱大闸蟹，侣行路上我们倒是遇到过两种更特别的蟹：阿拉斯加的帝王蟹和所罗门群岛的椰子蟹。听说过帝王蟹传说，但当真的在阿拉斯加遇到那么大个儿的帝王蟹时，我们还真有点吃惊，这也太大了吧，一只螃蟹煮一桶，够全船人吃的。在所罗门群岛，椰子蟹则被我们煮了方便面……

后记　回望十年，迈向下一步

2018 年 8 月 9 日晚 8 点，我和梁红坐在我们的侣行小院里，相视一笑。如同十年前我们俩坐在双井家里的沙发上一样，那一次，我们订下了“十年之约”。

今天，我们约满。整十年，梦圆满。

“完成了，结束了。”我笑着看着梁红。

她也咧嘴笑着，笑着笑着眼泪就下来了。“就这么结束了……”她哽咽着吐出几个字。

我能听出不舍，还有许许多多复杂的情绪。人生苦短，并没有多少个十年。我们这十年，走得太过惊险、太过遥远、太过缤纷。在路上的感觉是一种病，走久了会上瘾。

我们在路上遇到了太多的人。有的成为了朋友，还会邮件往来；有的只是一面之缘，但心里总有个角落装着他们；有的已经天人两隔，翻看照片时、突然想起时，眼角总会发酸。

我们在路上经历了太多的故事。索马里贫民窟那个微笑着说出“至少我还活着”的孩子，丛林深处淳朴而热情的原始部落，叙利亚战场前线那些青春而热血的姑娘……

我们生活在同一个世界上，涉险在各自的生活里，然后在路上不期而遇。每个人都有独特的，此前我们未曾阅读过的生活故事，或精彩、或凄苦、或悲悯、或倔强，还有许多的伟大。

回到我们俩自身，十年过往，200 多个国家和地区，十多万公里的长路，我想说我们收获的和经历的一样多。最初我们只是完成自己的小梦想，到后来，发现我们的侣行竟然能够影响一些人、改变一些人，我们就开始尝试不只做单纯的记录者，而是去做参与者。我们尝试着去为那些陌生人，甚至这个地球做些什么，改变些什么。

然后，旅程一定会回馈我们更多所得。我们收获感动、收获心动、收获继续前行的力量。

我更有一番话，想要对千千万万和侣行一起走过这些年头的“侣友”说。很多人说，感谢有我和梁红，让他们见识到了不一样的世界，让他们尝试改变自己的生活，让他们获得勇气和希望……

其实应该是我和梁红感谢你们。许多次许多次，我们在路上陷入困境、濒于崩溃，比如漂泊在南太平洋上时，比如被困在喀布尔时，比如航程中徘徊在大西洋中时……是手机屏幕里远在世界各地的大伙儿的那些炽热留言，让我们希望的余烬始终闪烁着火苗，让我们疲乏到极限的身心又汲取了无限动力。

正因为许许多多的你们，我们才能在暴风雨之后重新扬帆起航，在危机四伏下冲出重围，在阴云密布时再上云霄，在步履踌躇时仍坚定前行。

侣行十年，感谢许多未曾谋面的你们。

也正是因为你们，侣行十年并不是终点。大伙儿在“回忆的地图·侣行的‘家’”（265 页）中看到的破冰船，将和我们一起开启下一步征程。这次我们会邀请一些“侣友”同行上路，希望我和梁红的十年侣行完成后，下一步是真正的“我们的侣行”。当然我没法带着所有人上船，但我相信，我们所有人其实是一起出发的。

下一个十年，希望我们在各自生活的征程里各自精彩。我们路上相约。

附录　侣行时间表

2008—2012 年		准备时期
2012 年	2 月	奥伊米亚康
	5 月	埃塞俄比亚—索马里
	8 月	切尔诺贝利
	11 月	马鲁姆火山
2013 年	7 月	上海—对马岛—济州岛
	8 月	宗谷海峡—鄂霍次克海—新知岛—阿图岛
	9 月	阿留申群岛—荷兰港—阿拉斯加—安克雷奇—科罗拉多大峡谷
	10 月	洛杉矶—阿斯托利亚—墨西哥圣卢卡斯角—墨西哥城—奇琴伊察
	11 月	加拉帕戈斯—秘鲁利马
	12 月	智利圣地亚哥—智利峡湾
2014 年	1 月	乌斯怀亚
	2 月	德雷克海峡—南极长城站
	4 月	南非约翰内斯堡—乌姆塔塔
	5 月	马达加斯加
	6 月	马来西亚
	7—8 月	里约热内卢—累西腓—亚马孙丛林
	9 月	台湾

2015 年	5 月	北京—罗布泊—巴基斯坦
	6 月	阿富汗—伊拉克
	7 月	伊拉克—叙利亚
	8 月	叙利亚—土耳其
	9 月	土耳其—利比亚
	10 月	迪拜
2016 年	8—9 月	国内四大无人区：羌塘、罗布泊、可可西里、阿尔金
2017 年	2 月	哈尔滨—南萨哈林斯克—堪察加（埃索）—阿拉斯加
	3 月	西雅图—美、墨边境—中北美及加勒比地区—苏里南
	4 月	秘鲁安第斯山脉—巴西
	5 月	大西洋—佛得角—苏丹—塞拉利昂
	6 月	印度—老挝—深圳—武汉—北京—哈尔滨
	8—9 月	西伯利亚
2018 年	2 月	秘鲁
	3 月	挪威、智利
	4 月	印尼、俄罗斯
	5 月	俄罗斯、卢旺达
	6 月	卢旺达、哥伦比亚

图书在版编目（CIP）数据

侣行十年 / 张昕宇，梁红著. — 南京：江苏凤凰文艺出版社，2020.1

ISBN 978-7-5594-4213-0

Ⅰ. ①侣… Ⅱ. ①张… ②梁… Ⅲ. ①游记—作品集—中国—当代 Ⅳ. ①I267.4

中国版本图书馆CIP数据核字（2019）第262466号

书　　名	侣行十年
著　　者	张昕宇　梁　红
责任编辑	孙金荣
特约编辑	张雪雅
责任校对	孔智敏
出版统筹	孙小野
封面设计	刘振东
出版发行	江苏凤凰文艺出版社
出版社地址	南京市中央路165号，邮编：210009
出版社网址	http://www.jswenyi.com
印　　刷	雅迪云印（天津）科技有限公司
开　　本	787毫米×1000毫米　1/16
印　　张	20
字　　数	100千字
版　　次	2020年1月第1版　2020年1月第1次印刷
标准书号	ISBN 978-7-5594-4213-0
定　　价	128.00元

（江苏凤凰文艺版图书凡印刷、装订错误可随时向承印厂调换）